時空調查科 ⑤

石器時代的大將

關景峰 著

新雅文化事業有限公司

www.sunya.com.hk

時空調查科

阿爾法小組

—— 人物介紹 ——

凱文

特工代號：051

年　　齡：13歲

組內擔當：分析大師

特　　長：IQ極高，分析力超強，
　　　　　多謀善斷

最強裝備：萬能手錶

萬能手錶

具備通訊、翻譯、搜尋、地圖
等等功能，還能按需要升級更
新其他功能。

張琳

特工代號：059

年　　齡：13歲

組內擔當：攻擊大師

特　　長：擁有驚人的戰鬥力，對各種
　　　　　武器都運用自如

最強武器：先鋒寶盒

先鋒寶盒

可變化成霹靂劍、迴旋鏢和流
星錘三種武器的神奇寶盒。

西恩

特工代號：056

年　　齡：12歲

組內擔當：防衛大師

特　　長：能針對不同攻擊使出各種防禦
　　　　　力強大的招式

最強招式：防禦盾、防禦弧

防禦盾

原為硬幣般大小的鐵片，使用時
會變大成圓形盾牌。

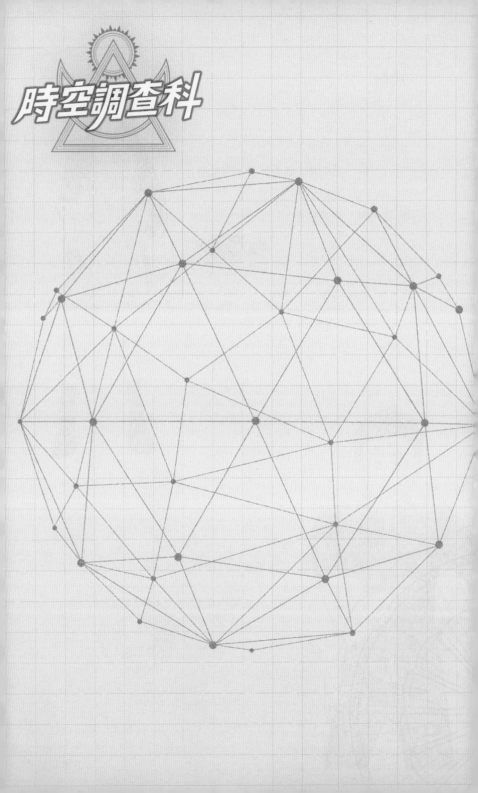

目 錄

CHAPTER 1

小首領

「五千年前，和現在的森林公園相比……」西恩的頭從一塊大石頭後露出來，看着四周幽靜的環境，遠處翠綠的樹林，更遠處微微泛出藍色的山脈，「也沒什麼區別呀……」

「看着好像沒什麼人，不過還是小心點好，這裏靜得有點可怕。」張琳一直警惕地看着四周。

「納瓦茨部落在哪裏呀？管理員說我們在納瓦茨部落東面着陸的，因為時間久遠，距離和具體位置他測不出來。」我看着手錶説道，「東邊在……啊，在這裏……」

「那我們就快點過去呀。」西恩説，「我們可以守在部落旁邊，那傢伙出來，我們就把他悄悄抓住，然後穿越回去。」

「村外有大型猛獸，他單獨出來的可能性不

大，所以我們還是盡可能進入納瓦茨部落裏面。」我說。此時，我們三個都穿着石器時代的衣服，天氣稍微有點冷，我們要儘早找到納瓦茨部落，「我們一直向西面走，總會到的，不過要小心，遇到部落的人，我們可說不清從哪裏來的，遇到他就更麻煩了，他一眼就能認出我們了……」

我們從石頭後走了出來，按照手錶上指南針的指引，向西面小心地走了幾步，我們的身邊有幾棵樹，不算很高，但是枝葉茂盛。

「小心——」張琳忽然小聲叫了一聲，我們連忙站住。

張琳讓我們蹲下，我們都躲在一棵樹後。這時，我們北面，距離我們大概五十米，草木中，有幾個人站了起來，他們全都穿着石器時代的衣服，正在警覺地向我們這邊看。因為張琳察覺及時，我們隱藏了起來，那幾個人似乎沒有發現我們。

「他們是誰呀？」西恩緊張地小聲說道。

「噓——」張琳連忙做了一個噤聲的動作。

「嗖──」的一聲，隨後是「噹──」的一聲，一枝箭扎在了我們藏身的樹幹上，距離我們的頭部不到一米。

　　「啊──」西恩驚得叫了起來，那枝箭是從南邊射來的，也就是說，是從我們背後射來的。

　　我們轉身一看，又是一羣人，吶喊着向我們這邊衝了過來。我們根本就不知道他們是誰，連忙躲在樹後。這羣人有三、四十個，其中很多手持弓

箭，邊喊邊向我們這邊射箭，不過不是射向我們，而是射向我們北面的那些人，那些人有二十多個，也有幾個拿着弓箭，此時不停地射箭反擊，我們被夾在了中間——我們北面和南面的這兩夥人打了起來。我們還看見一個奇特景象，從我們南邊衝過來的這羣人中，為首的那人騎着一隻很大的豬，沒錯，是一頭豬，不是馬。

因為從南面衝過來的人多，很快就佔據了上風，他們有的射箭，有的手持長矛或木棒，在那個騎豬人的帶領下，很是英勇。北面那羣人抵抗了一會，但是很快就頂不住了，掉頭就跑，南面來的人追了過去。而我們三個則躲在樹後，看着南面來的幾個人從我們身邊不遠處跑了過去，我們也不知道他們為什麼打起來，莫名地看着，也不知道該怎麼辦了。

「不要動——」一個手持長矛的人，用長矛對着我們，大聲地喊道，我們都沒怎麼注意這個人，不知道他怎麼從草叢中跳出來的。

另外一個手持木棒的人也跟着跳了出來，舉着木棒，惡狠狠地瞪着我們。

「騎豬大將——騎豬大將——」手持長矛的人大喊起來，「這裏抓住三個赫舍德村的人——」

我們三個聽到他的喊話，全都愣住了，我們不知道赫舍德村，我們只知道納瓦茨部落，或者説是納瓦茨村。

幾個人拿着武器，跟在騎着一隻豬的男子身後跑了過來，騎豬男子非常魁梧，鬈髮。別人都叫他騎豬大將。

「赫舍德村真是沒人了，連孩子都派出來打仗了。」騎豬大將從豬的後背跳下來，看着我們説，「把這三個俘虜帶回去，正好把騎馬大將從赫舍德村換回來，都被抓走一個月了。」

聽説他們要把我們帶走，我們都着急了，張琳的先鋒寶盒已經悄悄地拿在手上，西恩也預備着展開反擊了。

「我們不是俘虜，我們是從這裏路過的，也不

知道你們怎麼打起來的，我們不是你們說的赫舍德村人……」我在一邊爭辯起來，這邊的情況完全不明，所以我要盡量避免發生衝突。

「哈哈，還不承認呢。」騎豬大將不屑地笑了，「這裏不是我們納瓦茨村的，就是赫舍德村的，這裏就我們兩個村子，你們不是我們納瓦茨村的，一定就是赫舍德村的，有什麼好抵賴的？」

「你們是納瓦茨部落……納瓦茨村的？」我眼睛一亮，很是興奮，突然就遇到納瓦茨部落的人了，那是我們的目的地呀。

「當然是，跟我們走吧。」騎豬大將說着揮了揮手裏的木棒。

這時，納瓦茨部落的三、四十個人並沒有追到赫舍德部落的人，全都回來了，他們圍了過來，看着我們三個俘虜，我們也看着他們，還好，其中沒有我們要追捕的那個人。

「不要傷害我們，我們可跟你們回去。」我說道，讓他們把我們帶回去，正好也省得我們找了，

「不過我們要直接見你們的首領，我們有重要的事要告訴他。」

「重要的事？」騎豬大將眨了眨眼，「什麼重要的事？你們村攻打我們村的計劃？」

「啊⋯⋯」我愣了一下，「反正是很重要的事，所以你不能讓其他人看見我們，我們要悄悄地見到你們的首領。」

「可是已經有很多人看到你們了。」騎豬大將指着身後的那些人。

「不能再多了，快帶我們去吧。」我連忙說，隨後轉身看看張琳和西恩，壓低了聲音，「先去他們的村再說⋯⋯」

「那就走吧。」騎豬大將先是有些猶豫，不過隨即答應，「你們的事還真多呢。」

這是一次穿越緝拿任務。毒狼集團的兩個傢伙，費奇和艾維斯，在當今時代擺脫了警方追捕，穿越到了古代，躲避通緝。我們接到了任務，在中世紀的奧地利抓住了費奇，而艾維斯再次逃脫。根

據費奇交代，他和艾維斯前幾個月其實還曾穿越到更古老的新石器時代的奧地利躲藏，因為實在受不了那個時代生活的辛苦，又穿越回中世紀時代。

費奇被擒，艾維斯逃走。我們找到了艾維斯的穿越點，通過全球警察總部技術科的幫助分析，推斷艾維斯又向前穿越了四千年，落地點就在現在維也納西面不遠的梅爾克。再核對費奇的口供，他們幾個月前就是穿越到距今五千年的梅爾克地區的納瓦茨部落。他倆冒充從很遠的部落出走的人，到了納瓦茨部落，部落首領同意收留他倆，但是那時候的生活太清苦，他們又回到了中世紀。我們完全肯定艾維斯一定又回到了納瓦茨部落，畢竟他在那裏生活過，熟悉那裏的情況，被我們追蹤的情況下，他顧不得清苦，先顧着逃命。

我們跟蹤到了五千年前的梅爾克地區，這裏屬於多瑙河文化的新石器時代晚期。我們到的時候，比艾維斯晚了三天。我的構想是如何進入納瓦茨部落裏，找尋艾維斯並把他抓回去，沒想到先被這個

部落的人給抓住了，那麼索性就跟着他們一起去，見到部落首領後見機行事。之所以不讓部落裏更多的人看到我們，是怕艾維斯就在裏面，看見我們就跑了。我仔細看了跟着騎豬大將的那些部落成員，裏面沒有艾維斯。

「騎豬大將，最近艾維斯有沒有突然回來？」我跟在騎豬大將身邊，小心地試探着問。艾維斯和費奇穿越後都是用本名。

「艾維斯？你認識艾維斯？」騎豬大將一愣。

「聽説的，我聽來的。」我説。

「有這人，和另外一個叫費奇的人幾個月前從很遠地方來的，住了一陣子又走了，也不打個招呼。」騎豬大將説道，「臨走前還把我們的寶石偷走了，那寶石能保佑我們全村平安的。哼，別讓我們再看見他，他走了就沒回來過，他敢回來嗎？」

我瞬間明白了，費奇和艾維斯臨走偷了村子裏的寶石，帶到中世紀賣了錢。這點費奇可沒説。不過騎豬大將説艾維斯沒回來，他當然不敢大搖大擺

地回來，我想他可能藏在村落裏某個居民家，艾維斯不會住在村落外，不僅沒有房子住，隨時會被野獸吃掉。

「快跟上，別問這問那的。」這時，騎豬大將有點不耐煩地說。

我連忙不說話了，天色已經暗了下來，我們跟着騎豬大將和那些他的士兵，一直向東走，走了一段路，我發現幸好跟着納瓦茨部落的人，我們只知道納瓦茨部落的大概方位，其實走起來道路很是崎嶇，要在山腳下繞，還要跨過兩條小河，要是單憑我們找，不知道要找到什麼時候，還極有可能迷路。

一個多小時後，天黑了下來，遠處，出現了點點的火光，我們知道，納瓦茨部落到了。我們小心地前行，不過這天的月亮又大又圓，基本能照亮前面的路，我抬頭看看月亮，遠古時代，美麗的夜景，可惜我們都沒有任何心思去欣賞。

「到了——」騎豬大將指了指前面的村落，

「現在就帶你們去見首領。」

　　我們來到納瓦茨部落，這真是一個大村落，村落外有一圈的木頭籬笆，應該是他們的城牆。進入村落後，我們看到一排排的木屋，木屋中都泛出光，此時是晚上，家家戶戶的人都回到家裏了，木屋裏不時有說笑聲傳出來。這裏的木屋排列都很整齊，我判斷，這裏最少有二百戶居民。

　　木屋中間，有一間大木屋，在火把光的映射下，看上去比較宏大。騎豬大將從豬上跳下來，那隻豬也不跑，就在木屋前站住。

　　「跟我來，首領在裏面。」騎豬大將說着揮揮手，我們連忙跟上。

　　進入大木屋，門口站着的一個手持長矛的士兵立即鞠躬，騎豬大將帶着我們一直往裏走，我們來到了中廳。騎豬大將讓我們等着，中廳裏有幾把木頭椅子，我們也不敢坐，就站在那裏等着。

　　「首領到——」一把聲音從旁邊的通道傳來，我們立即向通道那裏望去。

只見一個四、五歲的孩子從裏面搖搖晃晃地走出來，手裏還拿着一個説不上來的東西，不過應該是食物。

「誰？誰找我？」那個孩子走進來就問，「什麼事都找我，真沒意思，我還要去玩呢。」

「這就是我們的首領，馬上鞠躬。」騎豬大將立即介紹，「首領，他們三個要找你，他們是我剛才抓來的赫舍德村的傢伙，説是有重要的事找你。」

「有什麼重要的事？我不懂，你們找騎驢大將。」首領説着爬到一張椅子上，騎豬大將連忙忙扶着他坐上椅子，首領坐好後就開始吃手裏的東西，「嗯，好吃，好吃……」

「有什麼事呀？」一個瘦瘦的人走了進來，他的年紀大概三十多歲，陰沉着臉。

「騎驢大將，這三個孩子是赫舍德村的，被我們抓住了，説是有事見首領。」騎豬大將先是對瘦男子説，隨後看看我們，「這是我們的騎驢大將，

現在代理被你們抓住的騎馬大將管理村落，他的命令就是首領的命令。」

我們三個立即向騎驢大將鞠躬，我準備直接向騎驢大將說出我們來的目的，當然穿越這件事不會講，講了他也不懂。艾維斯這樣一個兇悍的毒狼集團成員隱藏在部落裏，對部落的所有人都是一個潛在威脅。艾維斯應該是躲在他們部落裏某個居民家。我告訴他們艾維斯回來了，他們就會去查，畢竟艾維斯偷了他們的東西。

CHAPTER 2

變月亮

「尊敬的騎驢大將，有一件事……」我看看騎驢大將，說道。

「來人——」騎驢大將忽然大喊一聲，「把這三個赫舍德村的人綁起來，快——」

我還沒說什麼呢，騎驢大將就變臉了。他的話音剛落，七、八個士兵就衝出來，用繩子把我們三個捆綁起來。張琳和西恩也不知道要不要反抗，我們也不知道騎驢大將為什麼突然發怒，只好任由他們捆綁。

「哼，赫舍德村就是我們的死敵，赫舍德村的村民更是我們的死敵。」騎驢大將大聲地喊道，「我們的騎馬大將現在還被他們抓着，不知道生死。現在就把他們三個殺了祭祀，保佑我們的騎馬大將平安……」

我們聽到這話，全都驚呆了，真沒想到這個騎驢大將這就要把我們殺了。這個時候再不反抗那就沒機會了，張琳用力掙脫繩子，西恩也是，我們要擺脫束縛，用武力殺出去。

　　張琳用力一撐，想把繩子撐斷，但是繩子就像是彈簧一樣，被她撐得延展開，但是仍然牢牢地束縛着張琳，張琳力氣用完，剛剛一鬆勁，繩子立即把她捆得牢牢的。我這裏也是，我也想撐斷繩子，但是這根繩子很有彈性，先是張開，我耗盡力氣後，隨即又捆住了我。

　　「啊──啊──」西恩也沒有撐斷繩子，急得他大喊着。

　　「哈哈──」騎驢大將笑了起來，「力氣還真不小呢，這是先用冷溪水再用熱水反覆浸泡過的繩子，有彈性，你們掙不脫的。」

　　「你、你……我有話説，我們不是赫舍德村的，真的不是……」我想解釋，我們無法掙脫束縛，被推出去就完了。

「有什麼好說的？」騎驢大將揮了揮手，「帶出去殺掉，快──」

「殺掉，殺掉，騎驢大將，你真厲害。」首領從椅子上跳下來，看着騎驢大將，「騎驢大將，被殺掉是不是會很疼？」

「噢，我親愛的首領，他們是壞人，不怕疼的。」騎驢大將連忙說。

「壞人就不怕疼嗎？」首領眨眨眼，「我要當壞人，我要當壞人……」

幾個士兵上來推着我們就往外走，騎驢大將和騎豬大將跟在我們身後。

「這樣就殺掉他們，不好吧？」騎豬大將跟在騎驢大將身後，猶豫地說。

「騎馬大將可能都被赫舍德村的人殺了，有什麼不可以？」騎驢大將滿不在乎地說。

「可是他們說不是赫舍德村的人。」騎豬大將不甘心地說，「是不是先聽聽他們怎麼說的？」

「不是赫舍德村的還能是哪裏的？三個孩子，

能從多遠的地方來？」騎驢大將有點不滿意了，「這你不會不知道吧……」

士兵們推着我們向外走，張琳掙扎着，但是沒用，她根本就無法施展手段，張琳轉頭看着我，可是我也沒有什麼辦法。我們的手都被捆着，也無法實施穿越脱身。

我們被推出了木屋，有一個士兵已經把一柄巨大的石刀扛在肩上了。石器時代，還沒有金屬武器，但就是那把刀刃被打磨過的石刀，更加可怕。

天上的月亮還是那麼圓，我抬頭看了一眼，忽然，機會來了。我發現月亮的右半球側上方缺了一塊，但是明顯不是雲彩遮掩的。關鍵是，來到這個村落前我看到了月亮右半球缺了一塊，現在這塊面積明顯地變大了，我知道，月全蝕正在發生，而且是剛開始不久，還沒有人太注意到，即便是注意到，石器時代的人也不知道月全蝕發生時月亮先是消失而後在慢慢復原的道理。

「走，快走。」一個士兵推了我一把，「看什

麼看？」

「你們要是殺了我，我就讓月亮消失！」我突
然喊道，這可把身邊的人嚇了一跳。

「你說什麼呢？」騎豬大將疑惑地問，隨後看
了看月亮。

「你們現在惹到我了，我正在讓月亮消失，
你們只要殺了我，以後天上就沒有月亮，更沒有月
光了，晚上大地就一片漆黑了。」我看着月亮，喊
道，「不相信嗎？那就等等看，月亮會一點點消失
的──」

「你亂說什麼呢？」騎豬大將說着推了我一
下，不過隨後看看天空，「月亮不是好好的嘛，
啊──」

騎豬大將猛地叫了起來。

「全都是亂說，死到臨頭亂說話──」騎驢大
將指揮着那些士兵，「現在騎馬大將不在，我說了
算，殺了他們三個……」

「月全蝕？」張琳聽到我的話後，猛醒，脫口

而出。

「一定是！張琳，你怎麼説出來了？」西恩在一邊很是着急地説，他們兩個明白了我的意思。

「這些人又聽不懂的。」張琳看看西恩，隨後望着月亮，「凱文，沒錯，殺了我們，那我們就收走月亮，看誰厲害。」

騎驢大將還在催促巫師押着我們走，但是跟出來的首領、騎豬大將、所有的士兵，全都仰着脖子看着天上的月亮。

「騎驢大將，你看看，他、他説的好像沒錯，天上沒有雲彩，月亮卻越來越小了。」騎豬大將有些驚恐地説。

「哪裏有呀，我看……」騎驢大將看着月亮，聲音變小了，「好像沒什麼……」

「是在變小呀。」一個士兵有些驚慌地説。

「再等一下，半個月亮就沒有了。」我連忙説，「你們可以殺了我們，但是整個月亮就沒有了。」

「你把月亮收起來了嗎？」首領此時有些興奮了，「拿給我看看呀……」

「小了，小了，明顯小了，越來越小了。」另一個士兵指着月亮喊了起來。

「巫術，這是巫術——」騎驢大將指着我説，「敢在我們納瓦茨村施展巫術，好大膽子，來人呀，快把他殺了——」

「就算是巫術，那他也是第一大巫師，能把月亮變沒有的巫師。」騎豬大將連忙擺着手説，「再説月亮沒有了，今後晚上我們怎麼生活呀？」

「小了，小了——」士兵們都喊了起來，因為此時的天上，月亮的一半都看不見了。

「大神仙呀——」騎豬大將跪了下來，「求求你啦，把月亮還給我們吧——」

眾士兵都跪在地上，乞求聲一片，這時從旁邊的木屋裏也走出來幾十個村民，聽到士兵描述我的厲害，都嚇得跪在地上。

騎驢大將看着正在消失的月亮，也害怕起來，

26

不過他沒有跪下，只是皺着眉，看着天空。

「要我把月亮還給你們，可以，但是你們還這樣……」我說道，隨後看看束縛自己的繩子。

「快鬆綁，快鬆綁。」騎豬大將連忙站起來，親自給我們解開繩子，另外兩個士兵也跟着把張琳和西恩的繩子解開，「大神仙呀，饒了我們吧，我們不敢捆你們了。」

此時的天空中，月亮越來越小了，騎驢大將也有些害怕了，他站在一邊，有些站立不寧的。

「月亮小了──月亮小了──」首領看着天空，拍着手跳躍着。

「大神仙呀，我們真的怕你們了。」騎豬大將走過來，哀求起來，「求你把月亮還給我們吧，不要把它收走呀。」

眾巫師和村民們一起跟着哀求。我看看天空，我當然知道，月亮要全部消失，然後變暗，最後才會慢慢恢復。

「我生氣了，我就是要把月亮變沒。」我判斷

着時間，此時這些人都以為我是大神仙了，這樣我倒是可以利用這個情況的出現，去把艾維斯給找出來。我看到了那些村民，裏面沒有艾維斯。

「大神仙，饒了我們吧。」士兵和村民們全都跪倒在地，帶着哭腔哀求着。

「喂——」張琳走到我的身邊，壓低了聲音，「我明白你的意思，差不多就算了……」

我看看張琳，點了點頭。這個月全蝕帶來的機會，我要好好把握。

「全都起來吧，過一會我心情好點了，可以考慮把月亮還給你們。」我表現得洋洋自得。

大家都站了起來，連連稱謝，他們此時對我多了很多敬畏，只有那個騎驢大將，還在一邊心思不定地看着我，又抬頭看看基本消失的月亮。

「你來，我先問你一些事。」我把騎豬大將拉到一邊。

「大神仙呀，對不起呀，剛才不該抓你，我不知道你這麼厲害呀。」騎豬大將誠惶誠恐地説。

「好了，不是説這件事。」我擺擺手，「你先告訴我，你們這個首領，怎麼是個小孩呀？」

「以前的首領不在了，帶着我們抓野牛的時候被野牛撞飛了。」騎豬大將説，「所以他的兒子就當了新的首領了，不過年齡確實太小，由騎馬大將輔佐，不過騎馬大將被赫舍德村的人抓走了，就由騎驢大將輔佐了。」

「如果騎驢大將不在了呢？是不是由你這個騎豬大將輔佐？」我問道。

「是，我排位第三。」騎豬大將説。

「好，我明白了。」我點着頭説，「還有一件事，我問過你的，有個叫艾維斯的人是不是三天前到了你們的村落？」

「沒有呀，真沒有呀。」騎豬大將連忙説，「他走了就再也沒回來過，要是回來我一定知道的。」

「那三天前就沒人來嗎？」我不甘心地問。

「這麼大個村子，三天前來一個人我確實可能

不知道，但是這人是從哪裏來的呢？」騎豬大將一臉疑惑地看着我，「你説的這個艾維斯，偷了我們的寶石，怎麼敢回來？全村人都在找他呢，回來一定有人告訴我的。」

「嗯，我明白了。」我緩緩地説。

我來到張琳和西恩身邊，把剛才問到的情況告訴了他們。目前看來，艾維斯偷走了鑽石，的確不敢回來，但是也有可能悄悄回來，被某個村民藏起來。所以，我們還是要在這裏查下去，不能因為脱身了，就輕易走了。

「大神仙，大神仙——」騎豬大將小心地走過來，指着天空中不見的月亮，「別再生我們的氣了，把月亮還給我們吧。」

「嗯……」我看看天空，算了一下時間，「等一下吧，我心情好一點了，你們要是今後都像現在這樣對我，我會把月亮還給你們的。」

「多謝大神仙。」騎豬大將高興起來。

「你還有什麼不滿意嗎？」西恩指着一直在一

邊不知道想要幹什麼的騎驢大將，「你還想殺了我們祭祀嗎？」

「我、我……」騎驢大將還有那種抵觸的情緒，但是也不敢説什麼。

「月亮給我，快點變給我。」首領拉着我的衣服，笑嘻嘻地説。

「小孩子，一邊玩去。」西恩擺了擺手。

「你敢説我們的首領？」騎豬大將瞪大眼睛看着西恩，不過隨即緩和下來，「你們説，你們説，只要把月亮還給我們……」

「月亮，出來吧——」我的手指突然指向月亮。

月亮的一角突然變亮，月光再次發散出來。士兵和村民們一起歡呼起來，騎豬大將和騎驢大將都吃驚地看着我，在他們眼裏，是我把月亮召喚出來了。

「月亮會慢慢完全變回來的。」我隨口説道，「用不了多久的。」

眾人連連稱謝，看上去那個騎驢大將也很服氣了。天上的月亮開始漸漸復原，沒多久，月亮就重新出現在天上了。

　　村民們一片歡騰，隨後都回家了。騎豬大將又走到我的身邊。

CHAPTER 3

搜尋無果

「大神仙呀，今天很晚了，你們先去住下，就住在我們首領的宮殿，我們會為你們準備最好的食物，最好的房間。」騎豬大將滿臉堆笑，不過隨即壓低了聲音，「我們旁邊有個赫舍德村，真是太討厭了，總是和我們搶領地、搶食物，上次我們打了一隻山豬，結果被他們搶走了，你看看能不能把這個村子變沒？」

「你們要和平友愛呀，都處在這個平原上，面對那麼多野獸，要一起團結呀。」我擺擺手，「嗯，這個赫舍德村的問題，我先看看再説，關鍵是明天先幫我找艾維斯，這個人其實很危險，要是在你們的村落裏，比赫舍德村可怕多了。」

「可是他沒有回來，我也想找他。」騎豬大將一臉無辜地説。

「別着急，明天我來安排。」我説，「明天你要給我調派一些人，我要檢查全村。」

騎豬大將把我們安排在首領的宮殿居住，我一直盤算着尋找艾維斯的事，目前我已經被這個村的人當做了大神仙，安全倒是安全了，甚至可以指揮他們了。但是今晚變月亮這個舉動，明天會在全村傳開，如果艾維斯就躲在村子裏，也可能就知道我們已經追了過來，他可能會離開這個村子。不過只要明天早上讓騎豬大將派人守住各個大門，艾維斯即便是衝出去，也會有人來通知我們，我們就會立即追出去，在這一片大平原上，追到他也很容易。

「現在天黑，如果這時查找艾維斯，他有可能借着夜色跑了。」很晚了，我們進到房間後，還是沒有休息，「明天早上天一亮，就叫那個騎豬大將幫忙，搜查艾維斯。」

「夜色暗，你可以再變出幾個月亮呀。」西恩笑嘻嘻地説。

「艾維斯還沒有找到呢，還開玩笑。」張琳瞪

了西恩一眼。

西恩吐吐舌頭。張琳説得沒錯，艾維斯還沒有找到，我們都期盼着明天一早就把他給找出來，帶回總部。

第二天一早，我們就來到了首領宮殿的中廳，按照約定，騎豬大將已經在那裏等着了，門外還有三十多個士兵。

「不管艾維斯是否在村子裏，一定要查一下，否則對你們村子也是個隱患，也許他又偷走什麼東西呢。」我和騎豬大將討論着我的計劃，「所以我們要一家家地查找，如果不在，那我們自己會再想辦法，如果發現，我們會進行抓捕，你們守在周邊，我可是大神仙，我們進去抓就行。」

「是，我聽大神仙的，我們全村其實也想找到他，不過確實沒人看見他回來了……檢查一下也好，這樣我們也放心。」騎豬大將連連點頭。

「幾個大門要把守好，看見艾維斯出逃要立即攔截。」我不放心地叮囑説。

「已經派人守着了，看到艾維斯一定攔截。」騎豬大將說，「這個村子一共有二百多戶人家，我們要找一會了。要是我知道有誰敢把艾維斯藏起來，看我怎麼收拾他！」

「也許他受到了艾維斯的脅迫。」我擺擺手，「重要的是先要把艾維斯找出來。」

我們和騎豬大將一起出了門，帶上門外那些士兵走出宮殿的庭院。士兵們都拿着木棒，我們來到大街上，騎豬大將建議從北向南，一家一家搜查。這個村子房屋的布局也簡單，基本都是橫平豎直的排列。

騎豬大將把我們帶到全村西北面角落的第一個家庭，騎豬大將親自敲了門。門開了，是一個老婦人。

「噢，布拉代。」騎豬大將認識大部分居民，「你們全家都在吧？」

「是呀，這麼早，能去哪裏呢？」叫布拉代的老婦說道。

「你最近見過艾維斯嗎，就是那個偷走寶石的傢伙？」

「他不是逃走了嗎？又回來了？」

「聽說是，回來後藏在村子的某個人家中，所以……奉首領的命令，我們要在你家檢查一下，稍微看看，也許他藏在你家的水桶裏。」

「你自己想搜查就說自己，首領才多大呀。」老婦無奈地抱怨，「另外，我家的水桶放不下那麼大一個人，就和你家水桶放不下一個人一樣。」

騎豬大將很是尷尬地笑笑，隨後一揮手，三個士兵走進老婦家，一分多鐘後，三個人全都出來，看到騎豬大將，都搖了搖頭。

「走，下一家。」騎豬大將說，隨後帶着大家來打第二家的門前。

這家的房子有些破舊，一個士兵敲了門，一個年齡在三十歲左右的女子開了門，看見騎豬大將，有些緊張。

「都換好了，不許反悔。」女子大聲地說，

「而且我已經把兔子吃了⋯⋯你還帶着士兵來，告訴你，帶多少人來都沒用⋯⋯」

「你説什麼呢？什麼兔子？」騎豬大將一臉疑惑地問。

「你⋯⋯不是為了市集上我用五個蘑菇換了你老婆一隻兔子的事來的？」女子小心地問。

「不是，我們是來找艾維斯的，看看他是不是藏在你這裏。」騎豬大將説。

「噢，那就好辦了，艾維斯沒有來我家。」女子長出一口氣，「進來看吧，隨便看⋯⋯」

在石器時代，這裏還沒有貨幣，物品買賣都是以互相交換的方式進行。騎豬大將指揮幾個士兵進去檢查。

「這麼説，你用五個蘑菇就換走了我老婆的一隻兔子？」騎豬大將站在門口，忽然想起了什麼。

「對，兔子都給我們吃了，反悔沒用，再説換好的東西不能要回去，這是規矩⋯⋯」女子理直氣壯地説。

「哇——哇——這個笨老婆——」騎豬大將叫了起來，「回去我要好好説説她，一隻兔子能換十五個蘑菇呢……」

「我的蘑菇個頭大，我好不容易在河谷採到的……」女子連忙辯解起來。

我立即提醒騎豬大將，現在可是工作時間，他談的這些都是瑣碎的事，會影響我們的工作。這時，三個士兵走了出來，搖着頭，表示沒有看到艾維斯。

接下來我們又看了二十多戶人家，我們發現，靠近村落中央位置的房屋都很大，很漂亮，住的都是生活富裕的人，而靠近村落邊緣的房屋大都有些破敗，裏面的人生活都一般。村落中心有首領的宮殿，宮殿前有一個大型的交換市場，人們住在中心區域，外出交換物品也方便，所以中心區域的人都比較富有。

我們逐間屋查找，不過並沒有結果，漸漸地，我們找了一百多家，還是一無所獲。目前只有東南

角這個區域了，這裏距離市集最遠，房子大都陳舊破敗。

我們都很着急，這裏要是再找不到艾維斯，真不知道去哪裏找他了。騎豬大將帶着士兵來到一戶人家，這家的門開着，騎豬大將把頭伸到門裏，我也跟着向裏面看，有一個老人躺在一張木板牀上，還蓋着被子。

「拜尼特老爹──拜尼特老爹──」騎豬大將叫道，「睡着呢？我想問問你最近有沒有看到艾維斯？」

拜尼特似乎被叫醒，他身體側了一下，我看到了他的長鬍子，他的鬍子是褐色的，看起來他的年齡很大了。

「拜尼特老爹沒什麼親戚，就他自己，他的精神不太好，糊里糊塗的。」騎豬大將指了指自己的腦袋，然後搖了搖頭，「噢，身上怎麼還有酒氣？喝多了。」

「那就讓他睡吧。」我點了點頭，隨後向裏面

看了看，裏面有些破爛家具，還有一個後門，後門倒是關着，不過也歪斜着，很老舊。

三個士兵走到裏面的房間，看了看，隨後走了出來，這裏也沒有艾維斯。拜尼特老爹的房間很是破爛，難怪不關前門，反正也沒什麼好被偷的。

東南角這一片的木屋，全都是比較破爛的，住的人也都很窮。找完這個區域，我們就把整個村落找了一遍，沒有發現艾維斯的任何蹤影。

「可能早就跑了。」西恩垂頭喪氣起來，「你昨天都把月亮變沒了，這麼大的動靜，艾維斯一定知道我們找來了，所以跑了。」

「可是在外面也無法生存呀。」張琳看着村落外面的羣山，「村子外都是野獸，而且都是大型猛獸。雖然他是毒狼集團的厲害角色，但是也難單獨對付野獸呀，跑到外面早就被吃了。」

「可是村子裏沒有呀，挨家挨戶找的。」西恩非常地無奈，「再找一遍估計也是這樣……」

「大神仙，你們在說什麼呢？」騎豬大將走了

過來，「我們回去吧，邊走邊説。」

沒辦法，我們只有先回去。此時都是下午了，我們向宮殿走去，我實在想不出艾維斯還能藏在哪裏，也許艾維斯藏在某個人家中很隱蔽的角落，我們剛才也是粗粗地檢查，可是誰敢窩藏艾維斯這樣一個偷走部落寶石的人呢？

我們來到宮殿那裏，剛到門口，忽然，騎驢大將笑瞇瞇的從裏面走了出來。

「大神仙，大神仙的朋友。」騎驢大將看着我和身邊的張琳、西恩，「聽説你們去找艾維斯了，有沒有找到呀？」

「哼，找到就帶回來了。」西恩對這個一開始就試圖殺害我們的傢伙很是不屑，「自己看不見呀。」

「真是遺憾，不過……」騎驢大將把頭湊過來，「我們這個村子找不到，也許逃到赫舍德村去了，這麼廣闊的地區，只有我們兩個村子呀。」

「啊——」我驚叫一聲，這個騎驢大將説的倒

是很有道理，只不過我從他拿詭異的眼神中，察覺到有種異樣。但是就如他說的，外面很危險，有大型猛獸，艾維斯逃到赫舍德村就安全多了。

「你看見艾維斯逃去赫舍德村了？」西恩着急地問。

「那倒是沒有。」騎驢大將笑了笑，「你可以想想呀，這個村沒有，他能去哪裏呢？要是在外面，幾個人、十幾個人倒沒什麼，不但不怕猛獸，還可以打死猛獸，他一個人怎麼打呀？一下就會被猛獸吃了，所以應該是跑到赫舍德村了。」

「赫舍德村在哪裏？」張琳看看騎豬大將。

「倒是不遠，向北面走半天，在布堡山的山腳下。」騎豬大將說，「你們要去嗎？小心呀，那個村的人可厲害，我們的騎馬大將是全村最厲害的，他帶人出去打獵，結果遇到赫舍德村的人，被赫舍德村的人抓走了，哎……」

「我們現在就去，你告訴我們怎麼去。」我看看騎豬大將，「我們去了以後會找那裏的村民詢問

有沒有突然出現在他們那裏的陌生人。」

「不要呀——」騎豬大將大叫起來，「赫舍德村的人都很暴虐，他們會殺死你們的——」

「但是艾維斯很危險，我們必須找到他。」我堅持說。

「還沒找到艾維斯，赫舍德村的人就會先殺死你們的……」騎豬大將繼續阻撓着，我知道，他也是為我們好，儘管我們本身和赫舍德村的人沒有仇怨，甚至都沒有見過。

「好了，好了，這樣爭下去沒完沒了。」西恩走過來，看了看騎豬大將，「你忘了？我們可是大神仙。」

「啊——」騎豬大將猛醒，「對呀，你們能把月亮變沒，哎，我真的忘了。你們去，你們去，最好把赫舍德村的首領給抓回來，騎馬大將也給我們救回來，騎馬大將是我們這裏最厲害的人，他帶着士兵們去打獵，中了埋伏，其他士兵倒是回來，可是騎馬大將被抓住了……」

西恩的話簡單明瞭，連解釋都不用多給騎豬大將解釋了。騎豬大將連忙給我們在一張樹皮上畫了前往赫舍德村的路線圖。我們拿了樹皮，離開了納瓦茨部落。

CHAPTER 4

前往另一個村落

我們出了村，跨過一條淺淺的小河，前面，是一望無際的草地。我們走進了草地，向着北面前進。如果艾維斯去了赫舍德村，應該也是沿着這條路走的，我們一定要去到赫舍德村，找到艾維斯。

我們加快步伐，這樣傍晚前應該能到赫舍德村，也許我們會在那邊住一晚，具體會在那邊遇到什麼情況，我也説不清，總之先要到達再説。

「趴下——」張琳忽然喊了一聲。

我和西恩連忙趴下，張琳已經率先趴下，她抬起身子，指着前方。我們順着她指的方向，看到一隻大熊緩緩地走在草地上，那真是一隻大熊，牠經過一棵大樹，大樹映襯對比出大熊的龐大體形，這是遠古時期才有的巨熊。這隻巨熊似乎沒有發現我們，自顧自地行走。

「還好是逆風。」我小聲地説，「否則風把我們的味道吹向牠，牠的嗅覺很靈敏，就會找過來吃我們的。」

「那就讓牠來，我們不怕牠。」西恩滿不在乎地説。

「算了，我們是來找艾維斯的，不是來和熊搏鬥的。」我看着走遠的巨熊，「艾維斯一個人走在這條路上，遭遇到的風險比我們大，我們怎麼也有三個人。」

「你是説艾維斯可能被熊吃了？」西恩看看四周，「可是他也很能打的。」

「要是遇到這樣的巨熊，你們看，這隻熊的體形比我們那個時代的棕熊要大一倍呢。」我搖着頭説，「他就一個人，不好説呀，不過他的逃跑速度快，熊不一定能追上他。」

「走吧，熊已經走遠了。」張琳説着站了起來，「這種野外環境，看來真是不能一、兩個人單獨在外。」

我們繼續向前走，很快，我們就跨過了這個草地。按照騎豬大將的地圖指引，前面出現了一條十多米寬的河，我們沿着河向前走，在河的轉彎處，我們繼續向前，穿越了一片充滿石塊的空地，這裏很少有草木，比較難走。

艱難地越過空地，前面又出現了一個大草地，草地上有一棵高大的樹，騎豬大將的地圖上描畫了這棵樹，來到這棵樹下，就會有一條蜿蜒的小路把我們帶到赫舍德村。我們來到那棵樹下，果然，前面出現了一條小路，我們踏上小路，用不了一會，我們就到赫舍德村了。

我們向前走了幾百米，周圍非常安靜，剛才路過那片草地，不時有小鳥被我們驚動，從草地裏飛起來，還有一些兔子、狐狸等小型動物，可此處似乎什麼都沒有。

「我總感覺這裏有什麼不對。」張琳小心地說，說着還謹慎地看着四周。

「有什麼不對？」西恩走在最前面，他回頭

問，「除了安靜點，沒⋯⋯啊——啊——」

隨着西恩的喊聲，我們走着的地方突然塌了下去，一個大坑顯露出來，我們全都掉進了坑裏。

「哎呀——疼死了——」西恩掉進去後，掙扎着爬起來，還好這個坑不算深。

我也站起來，並且把張琳拉了起來，不知道這裏怎麼會有個坑，看上去是人為的，剛挖不久。此時我們先要出去，西恩向上爬着，我和張琳一起去幫他。

「嘭——」的一聲，坑底彈起一張網，把我們三個裹在一起了，隨後，這張網被迅速收起，拖出了大坑，我們大喊着，身體都扭曲在一起。被拖出坑後，我看到了拉着網的人，衣着和納瓦茨村的人一樣，都是這個時代的，應該是赫舍德村的人，一共有五、六個人拖着網。

草叢兩邊，又走過來幾個人，他們都拿着木棒或者長矛，對着我們。我們被放到地上，那張網是藤條編織的，我們被包裹着，手腳伸展不開，一點

反抗的機會都沒有。

「就這三個小孩，還說是什麼大神仙？」一個拿着木棒的人走近我們，隨後看看身邊一個拿着長矛的人，「首領，我看不出他們有什麼厲害的，我不相信他們能把月亮變沒。」

「拖回去再説。」被稱作首領的人大概四十多歲，很是威武的樣子，「已經很晚了，先和那個騎馬大將關在一起，明早審問，審問完可以和騎馬大將一起殺了祭祀。」

「啊？」西恩聽到這句話，立即努力地扭着頭看天空，「又要被祭祀呀，這回沒有月全蝕救我們了。」

「你説什麼呢？閉嘴。」那拿着木棒的人指着我們，隨後看看另外幾個士兵，「先拖回去——」

幾個赫舍德村的士兵，也就是抓到我們的人，一起上來，拖着網把我們往赫舍德村拉。

「哇——哇——太殘暴了——」西恩的頭朝下，被拖着，當然，我和張琳也好不到哪去，「你

們虐待兒童——」

再怎麼喊也沒用，我們被拖着走，在網裏，我看到了赫舍德村，赫舍德村四周也有高高的木柵欄，算是他們的城牆。我們被拖到了赫舍德村，很是狼狽，嘴裏都是土。

「鬆開網，哼，鬆開網我就給他們好看。」張琳咬牙切齒地説。

「先不要，我們應該是被出賣了，他們居然知道月全蝕的事。剛才他們説我們會和騎馬大將關在一起，應該就是那個納瓦茨村的騎馬大將，這裏面情況很複雜，我們先弄清楚再説。」我壓低聲音對張琳和西恩説道，「反正我們被關進去隨時都能穿越出來。」

那張網被打開，我們被放出來。我們活動着身體，剛才在網裏我們都被扭曲了。那些赫舍德村的士兵在一邊好奇地看着我們。

「首領，就幾個小孩子，真看不出來有什麼法力。」拿着木棒的人説。

「持棒大將，快去把他們關起來。」赫舍德村的首領把長矛交給一個士兵，「就這三個孩子，還說是什麼大神仙要攻打我們，讓本首領親自去了一趟，真累。」

幾個士兵過來，推搡着把我們押向一個房子，那個房子沒有大窗戶，只有房簷下幾個小窗戶，房子有個門，門口站着兩個手持長矛的士兵。

我們進了房子，進去後一看就知道這裏是看押俘虜的地方，我想我們此時的身分應該是赫舍德村的俘虜。一個大牢房裏，有個人聽到我們進來，湊到門口，抓着欄杆看着我們，這人四十歲左右，身材高大，這裏只有他一個人，應該就是納瓦茨村的騎馬大將了。

「進去——」一個士兵打開柵欄門，我們被推了進去。

士兵關好門，全都走了。我們三個站在陰冷的地上，看着騎馬大將，他也看着我們。

「真是狠心呀，把自己村的小孩子也關進來

了。」騎馬大將憤憤地説。

「騎馬大將，我們不是這個村的，當然，我們也不是你們納瓦茨村的。」我直接説道。

「你、你們知道我是騎馬大將？」騎馬大將叫起來，疑惑地看着我們，「你們不是赫舍德村的？難道是我們納瓦茨村的？我們那可沒有你們這三個孩子。」

「這不重要，騎馬大將，有一件事我要問你，你怎麼被抓住的？你不懷疑嗎？」我直接發問，因為我覺得我們和騎馬大將應該都是被出賣的，他這樣一個納瓦茨村最厲害的人，居然被抓住了，而那些跟隨他打獵的人卻都跑了回去，這是我一直在思考的問題。

「你怎麼知道我的懷疑？」騎馬大將激動起來，「我掉進一個隱蔽的大坑裏，好像專門給我挖的一樣，他們用網罩住我，我被抓住了，那些隨從士兵卻都跑了。」

「哼，這個騎驢大將，招數都一樣呀。」我冷

56

笑起來。

「騎驢大將？怎麼了？你們還認識騎驢大將嗎？」騎馬大將滿臉驚異。

「騎馬大將，我叫凱文，這是我兩個朋友，張琳和西恩。我們從遙遠的地方來的，的確不是赫舍德村的，也不是你們納瓦茨村的。」我先做一個自我介紹，「我們也認識騎驢大將，我們也去過你們的村子，不過這些都不重要，現在你想想，你被抓應該和騎驢大將有關係吧？是他指引你去打獵的吧？」

「嗯……」騎馬大將抓抓腦袋，「是，是他說格森樹林東面最大的大橡樹下有個灌木叢，裏面是熊窩。他不如我厲害，不敢抓那隻熊，我就帶人去了，結果別人都不敢靠近，我騎着馬舉着長矛就去獵熊，結果掉進一個大坑裏，被赫舍德村的人用藤網撈出來，他們抓到我後把我關到這裏，我帶去的人都被他們打跑了。」

「我們要找一個人，騎驢大將說這個人在赫

舍德村，我們就來了，結果在村口那條小路上掉進坑裏，被帶到這裏。」我已經初步分析出來，我們和騎馬大將被抓都和騎驢大將有關，「赫舍德村抓我們的手段都是一樣的，挖一個坑，然後用事先埋設在坑底的網撈起來。我們都是被騎驢大將指引來的，我們都被他騙了，這人和赫舍德村的人有勾結。」

「他騙我可以理解，我們那個首領是個孩子，村子裏的事一切都聽我的，他早就不滿了，所以陷害我。」騎馬大將疑惑地看着我們說，「可是，你們⋯⋯他為什麼要騙你們？」

「我們是大神仙，比你還厲害。」西恩搶着說。

「大神仙？」騎馬大將更加疑惑了。

「一、兩句話也說不清，反正騎驢大將是個壞人，你先等會。」我對騎馬大將擺擺手，轉向張琳和西恩，「我們是被騎驢大將出賣的⋯⋯」

「我們現在就穿越出去，我要讓他知道我們的厲害。」西恩打斷我的話，氣呼呼地說，「穿越到

納瓦茨村，教訓騎驢大將。」

「可是我們現在都到赫舍德村了，我們來的目的是找到艾維斯。」我說，「艾維斯可能就在這個村裏，無論如何，我們要在這裏查到艾維斯是否來過。」

「凱文，儘管你才是我們的分析大師，但是我覺得現在應該聽下我的意見。」張琳很是急迫地說，「這個村子的人不可能像納瓦茨村的人那樣幫我們找艾維斯，所以我們現在不如果斷一些，穿越出去，找到那個首領。憑我的能力，制服他沒問題，然後讓他下令找艾維斯，找到艾維斯後，我們就抓捕他，帶回去。找不到，那他應該還在納瓦茨村，到時候我們再想辦法。」

「可以……」聽着張琳的話，我想了想，「那就這麼辦，先出去找艾維斯。」

「這個騎馬大將呢？」西恩指了指有些不知所措的騎馬大將。

「一起帶出去，還能當我們的幫手，是我們讓

他知道騎驢大將是壞人的。」張琳飛快地説。

「好，帶着他穿越。」我點點頭。

「穿越？什麼？你們説什麼？」騎馬大將越聽越迷糊。

「就是帶你逃出去⋯⋯」西恩走過去拉着騎馬大將，「來，快來，站到這裏。」

「你們這幾個孩子，你們在幹什麼？」騎馬大將扭着身子，「哎，你這個孩子，力氣可真是大呀。」

「來，站好，不會害你的，我們幫助你一起逃出去。」張琳安撫騎馬大將。

我們四個手臂挽了起來。騎馬大將一臉疑惑地看着我們，他被夾在了我們中間，我的左手抬高，嘴對着我的萬能手錶。

「總部時空隧道管理員，我是阿爾法小組051號特工，我和另外兩個同事申請開啟穿越通道，我們還帶着一個當地人穿越，請輔助我們實施穿越。」

「我是003號時空隧道管理員，請問穿越方式。」手錶裏一個聲音問道。

「無限穿越。」

「穿越的時間和地點？」

「我們在新石器時代的歐洲多瑙河邊，你看得到我們的具體位置和時間的，我們只要穿越到一分鐘以後，我們所在地點的兩百米外即可。」我飛快地説。

「噢，你們是不是在節省時間，不想走路？」003號時空管理員很是吃驚地説，「我告訴你們，利用穿越的方式節省走路時間可不行，我們開啟一次穿越通道都是耗費巨大能量的，而且短距離、短時空的穿越也是有一定風險的。」

「聽着，003號時空管理員，我覺得你今天的話有點多，告訴你，我們現在是越獄，不是不想走路！」我很是氣憤地説。

「噢，明白了，你早説呀……同意穿越，你們落地時間預計為當地時間晚上，你們需要特別留意

以下事項：一，不許從穿越地帶回除任務要求外任何物品。二，不許改變歷史。三，不許利用已經獲得的歷史知識進行任何非幫助完成任務的行為。」

「明白。」我說道，我似乎聽到外面有聲音，「請快點。」

「喂，你在和誰說話？」騎馬大將搞不懂我們在說什麼，我們也沒時間和他解釋。

「噢，你們帶着的這個人話才多。」003號時空管理員聽到了騎馬大將的話後說，「五秒鐘後穿越通道開啟，請站穩！五、四、三、二、一。」

一個若隱若現的巨大管道出現了，這就是穿越通道。穿越通道大概四、五米長，我們邁步進入管道，騎馬大將驚異地看着通道，有點害怕，我們拖着他走進通道，隨後背靠背站定，剛剛站穩，「轟——」的一聲，一道橘紅色的閃光從我們三個人身上滑過，霎時間，我們就消失在了穿越通道中。

我們一下就被拋進一個橫向的時空隧道之中，

前進的速度非常快，像是滑進一個深淵之中。我們四個手挽手、背靠背，身體已經橫向懸浮於隧道之中，和隧道保持着同向的位置，我們的身體承受着巨大的壓力，努力調控着飛行姿態。

「唰——」的一聲，我突然感到一切都停止了，一切也不再旋轉，腳有踩在地上的感覺，穿越結束了，因為我們只是要穿越到一分鐘後的赫舍德村監牢外，所以穿越時間極快。此時我發現我們站在一間木屋外，周圍也大都是木屋，這裏在赫舍德村的監牢外，建築布局和納瓦茨村沒什麼區別。

「穿越成功。」我的手錶裏傳出003號時空管理員的聲音，「請給我的操作好評，謝謝。」

「收到，謝謝。」我說，「再見。」

CHAPTER 5

和好了

　　夜色中，我們站在木屋旁，騎馬大將此時非常興奮，他很是敬佩地看着我們。

　　「大神仙呀，我們這就出來了？你們真是大神仙呀。」騎馬大將眉飛色舞，激動地說。

　　「騎豬大將也這麼說。」西恩聳聳肩。

　　「你們還認識騎豬大將？」

　　「停，停——」我擺擺手，「騎馬大將，現在我們沒時間談這個，我們這就去找這裏的首領，我們有重要的事要問他。」

　　「走呀，我也去，讓他看看我的朋友都是什麼人，我的朋友都是大神仙呀！」騎馬大將很是得意地說，不過他忽然想起了什麼，「可是三位大神仙，你們這麼厲害，那是怎麼被抓進來的？」

　　「你的話確實很多。」西恩拉了騎馬大將一

下，「跟着走……噢，赫舍德村的首領住在哪裏呀？」

「那邊那個──」騎馬大將指着遠處的一座大木屋，「就是那裏──」

「你去過？」張琳問道。

「最大的宮殿呀，我們那裏也是一樣，我們也住在最大的宮殿。」騎馬大將的口氣有些不屑。

好像很複雜的問題，一下就被騎馬大將化解了。我們向那座大木屋走去，遠遠地，看到了木屋門口有士兵站崗，這就基本確定了那就是這個村首領的宮殿，其他任何木屋可都是沒人站崗的。

張琳的手上，已經拿出了霹靂劍，我們要儘快找到艾維斯，沒時間慢慢和赫舍德村的首領解釋前因後果了，而且提到穿越這件事，他也聽不懂。

大木屋門口的兩個士兵，看到我們走過來，很是疑惑，張琳和西恩一左一右走在前面。

「你們找誰？」一個士兵舉着木棒上前阻攔。

轉身間，還沒有等那個士兵明白過來，手裏的

木棒就被張琳挑飛。另外一個士兵阻攔西恩，被西恩伸手就推倒在地。

我們進到宮殿的院裏，走上台階，張琳拉開門，走進了前廳。一個士兵站在前廳，看到我們進來，很是不解，伸手想阻攔我們，此時我們已經看見在裏面吃飯的赫舍德村首領和持棒大將，那個士兵攔住我們，騎馬大將上去就把他推到一邊。

「你們——」首領正往嘴裏夾菜，看到我們，立即凝固了一樣，「你們……來吃飯？」

「怎麼逃出來了——」持棒大將跳了起來，揮着拳撲上來，「啊——」

張琳閃過持棒大將，隨後用劍背狠狠拍了持棒大將一下，持棒大將大叫一聲趴在地上。首領跳起來攻擊張琳，張琳先是一閃身，隨後一拳把首領打倒，張琳把霹靂劍的劍頭部分直接搭在首領的肩膀上。

「不要，不要傷害我——」首領看着散發出微光的霹靂劍，開始哀求，「你們要什麼？」

「琳達河谷地區是我們納瓦茨村的——」騎馬大將上前一步，大聲地說。

「對，是他們村的。」西恩跟着說道，不過他立即明白過來，推了騎馬大將一下，「你別搗亂。」

「我們不會傷害你，只要你幫我們辦一件事，而這件事絲毫不會損害你們的任何利益。」我上前一步，「你們村最近有沒有外人來，大概三、四天前？」

「沒有呀，沒人來呀。」首領連忙說。

「我們要找一個人，這個人很危險，他叫艾維斯……」我對首領說道。

「啊——是艾維斯，我知道，他偷過我們的寶石——」騎馬大將叫了起來，「那時候我還在村子裏呢。」

「我們找的就是這個艾維斯。」我先是看看騎馬大將，隨後繼續看着赫舍德村的首領，「如果這人在你們的村裏，也會對村民或者你本人造成威

脅。現在，你派人去挨家挨戶查問，看看有沒有外人來，如果發現，你們把這人抓住，送到我這裏來，我們就會立即放了你。你明白的，我們之間以前都互相不認識，沒有任何不愉快，我們只想找到艾維斯。」

「是，是，這個好辦，如果外面有個人藏在我們村裏，不用你們説，我也要找的。這人好像還是個小偷。」首領看看身邊的持棒大將，「你，你帶人去找⋯⋯」

「帶多點人，那人也很厲害的，村子的幾個門都派人守住，那個人大概二十多歲，和你的身高差不多，偏瘦⋯⋯」我看着持棒大將，「不要耍花樣，找到就送到這裏來。」

「是，是。」持棒大將説着撿起來木棒，走了出去。

張琳已經把霹靂劍從首領肩膀上收回來，冷冷地看着那個首領。首領坐到了一邊，畢恭畢敬地看着我們，剛才他也是稍微一交手，就發現張琳非常

厲害。

「你們的這把長劍，還能發光呢。」首領笑着，小心地問。

「這幾位都是大神仙，從你們的監獄出來，嗖地一下就出來了。」騎馬大將一臉自豪，「告訴你，這幾位大神仙都是我的朋友，也是我們納瓦茨村的朋友。他們還說了，我們的那個騎驢大將和你有勾結，你抓住我和這三位大神仙，都是騎驢大將告訴你的⋯⋯」

「啊？」首領驚叫起來，「這你們也都知道了？」

「哈哈，真有這件事呀，你說，你怎麼勾結我們那位騎驢大將的？」騎馬大將怒氣沖沖地問。

「哪是我勾結他？我為什麼勾結他？」首領也很生氣，「是他悄悄來找我們的，他說怨恨你是騎馬大將，因為你們那裏的人都聽你的，他說只要我們抓住你，等他當了騎馬大將，就再也不和我們搶奪琳達河谷了。」

「哇，這個叛徒——」騎馬大將大叫起來，「然後他就指使我去打獵，你們就挖坑抓我了？」

「是他，一切都是他策劃的，我們只是挖坑抓你。」首領的表情居然是一臉無辜。

「那我們呢？」張琳問道，「我們到這裏也是他告訴你們的？」

「他說有三個很厲害的孩子要來攻打我們的村子，還說這三個孩子能把月亮變沒。」首領說，「我們就挖了坑，把你們抓住了，當時看你們也沒那麼厲害，結果從牢房裏跑了出來，一下就把我們的持棒大將打倒了，他可是全村最厲害的大力士呀。」

「這個騎驢大將，竟敢連琳達河谷都不要了，那是我們納瓦茨村的——」騎馬大將激動起來。

「不對，是我們赫舍德村的——」首領也激動起來。

「休想，我們納瓦茨村會打敗你們的——」騎馬大將對首領喊道。

「我們赫舍德村會打敗你們的——」首領不甘示弱。

「停止——停止——」張琳站到兩人中間，「我說，你們不要吵了……」

「吵算什麼？我們村還和他們村打呢。」騎馬大將瞪着首領。

「你們一直這樣又吵又打嗎？」張琳問。

「當然，反正從我爺爺的爺爺的爺爺的爺爺就開始和他們打了。」騎馬大將說。

「我也是。」首領跟着說。

「我說，你們別打了，你們看看，這麼大一片地域，就你們兩個村子，有什麼好打的？」張琳很是耐心地勸阻，「外面那麼多猛獸，很不好對付，你們一起打到的猛獸不是更多嗎？」

「嗯？」首領看看騎馬大將，騎馬大將也看看首領，兩人目光還是不友好，但不再吵了。

「琳達河谷的北面，也就是越過多瑙河，有大片大片的森林，一個村落都沒有，你們為什麼不去

那邊發展一下呢？」我順着張琳的話，説道。

「沒去過，聽説很危險，有的山豬比老虎還要大。」騎馬大將説。

「那你們就更要一起去看看呀，人多才有力量呀。」我連忙説，「獵物大，被你們打到後，能吃的肉很多呢。」

「嗯——」首領眨眨眼，「你們這麼説……好像可以試一試噢。」

「我們首領爺爺的爺爺的爺爺的爺爺和你爺爺的爺爺的爺爺的爺爺的爺爺説過這件事——」騎馬大將指着赫舍德村的首領喊道，「可是你爺爺的爺爺的爺爺的爺爺的爺爺不答應……」

「我又不是我爺爺的爺爺的爺爺的爺爺的爺爺。」赫舍德村的首領揮着拳頭，「他不答應，我答應呀——」

「一早答應不就好了？」騎馬大將還是不依不饒的。

「好了，好了。」我立即擺着手，「怎麼又吵

起來了？和好了，和好了，以後一起去河谷那邊，再也不打了。我告訴你們呀，我從衛星地圖上看到過，那邊有大片的草地和森林呢⋯⋯」

「衛星⋯⋯」首領一愣。

「那是什麼東西？」騎馬大將跟着問。

「啊，就是⋯⋯」我不注意説出了現代詞彙，「你們不懂，反正就是從高處看⋯⋯放心吧，你們去吧，今後可不要再打了。」

「你説話算數嗎？」騎馬大將看着首領。

「當然，我是赫舍德村的首領。」首領不放心地看着騎馬大將，「你呢？你可不是納瓦茨村的首領。」

「可是我是除了首領最大的大臣，首領太小，現在都聽我的。」騎馬大將很是得意地説。

「那就好，和好了。」首領很是激動地上前和騎馬大將擁抱，表示和解，「説實在的，我們赫舍德村還真有點打不過你們村呢，幸好有騎驢大將出賣你，才把你抓住。」

「哇——這個騎驢大將，叛徒，我不會饒了他——」騎馬大將激動地喊起來，「我回去就收拾他。」

正在這時，持棒大將急匆匆地走了進來，他先看看首領，緊張的情緒似乎放鬆很多。

CHAPTER 6

大將回到村落

　　「你們沒把我們首領怎麼樣吧？」持棒大將轉身問我。

　　「我很好，我們村和納瓦茨村也和好了。」首領眉飛色舞地說，「我們今後還要一起去打獵呢⋯⋯」

　　「啊？變化這麼大？」持棒大將很是不解，不過他隨即看着我，「你們要找的人肯定不在我們村，我派出了上百個士兵，每家都找，根本就沒人來過我們村，以前沒有，現在也沒有。」

　　「你確定嗎？」我懷疑地問。

　　「當然，我們村也不大，村民都互相認識，外面來了個人還能不知道嗎？」持棒大將比劃着說。

　　「看來艾維斯沒有來過這裏。」我轉向張琳和西恩，「我們白來了，不過可以確定艾維斯不在這

個村了。」

「沒有白來，我被你們救出來了。」騎馬大將在一邊插話說。

「這個村沒有，野外他也不敢去，那麼他應該就隱藏在納瓦茨村。」張琳沒有理會騎馬大將，對我說道。

「一定還在納瓦茨村。」我想了想說，「他去過一次納瓦茨村，熟悉裏面的情況，這次再來藏身其中就比較方便，以前他沒有來過赫舍德村，藏在這裏的可能性確實不大。」

「我帶你們去找，我熟悉納瓦茨村呀，我是騎馬大將。」騎馬大將在一邊激動地喊着，「抓到他，一定要他把我們的寶石還給我們。」

「我們還是要回去，找到艾維斯。」我對騎馬大將點點頭，隨後對張琳和西恩說，「我覺得他就在村子裏，要想辦法把他找出來。」

「那現在就走。」西恩着急地說。

我們決定再回到納瓦茨村，儘管已經很晚了，

騎馬大將説此時摸黑回去，大概要走到明天天亮才能到，不過我們等不及了，騎馬大將也等不及，他被關在這裏很長時間，還要回去揭露騎驢大將。

首領歸還了騎馬大將的馬，他騎上馬，我們在地上走，一起向納瓦茨村走去。首領和持棒大將把我們送出村外很遠，他已經和納瓦茨村和好了，還約好今後一起跨越多瑙河，拓展狩獵地區，這倒是我們來之前沒想到的。

夜色中，我們穿行在草地上，路確實不好走，騎馬大將還擔心會遇到大型猛獸，不過我們倒不是很害怕，張琳霹靂劍散發出來的光就足以嚇退那些猛獸。

連續奔波，我們有些累了，途中，我們在一個樹林停下來休息了一會，張琳把閃閃發亮的霹靂劍插在地上，阻嚇可能接近的野獸。經過幾小時的休息，我們有了精神，天剛亮的時候，我們來到了納瓦茨村。

再次回來，騎馬大將很是高興，他騎馬到了村

口，村口的大門有士兵站崗，看到是騎馬大將，都很驚訝，連連鞠躬行禮。

「騎驢大將呢？」騎馬大將問門口的士兵，「還在村子裏吧？」

「在，在的。」一個士兵說，「他看到你一定很高興。」

「也許吧。」騎馬大將進了村子，我們連忙跟在後面。

騎驢大將住在納瓦茨村首領的宮殿裏，他現在替代了騎馬大將的位置，再過一些時間，他就會升任騎馬大將，而騎豬大將會升任騎驢大將。

我們來到宮殿門口，守門的兩個士兵看到是騎馬大將，一個忙着行禮，另一個飛奔進去，通知騎馬大將回來了。

我們跟着騎馬大將走進了宮殿，剛走到前廳，只見首領被一個士兵抱着出來，首領哭鬧着，不肯出來。

「我還要睡覺呢──」首領扭着身子，「放我

下來——」

「騎馬大將見過首領。」騎馬大將上前對首領鞠躬。

「啊？」首領看到騎馬大將，愣了一下，不再哭鬧了，「騎馬大將，你回來了，什麼時候再帶着我騎馬去呀？」

「騎馬大將——」騎豬大將跑了過來，隨後鞠躬行禮，「你是怎麼逃出來的？我以為赫舍德村的壞蛋們把你祭祀了呢。」

「有這三位大神仙幫忙呀。」騎馬大將指了指我們，「我的運氣不壞，而且我還認清了一個人……」

「啊呀呀——」騎驢大將走了進來，「我總感覺最近有什麼開心事呢，原來是騎馬大將回來了，你是怎麼逃回來的？」

騎驢大將說着，忽然看到了我們，我們都瞪着騎驢大將。

「啊？你、你、你們……大神仙也回來了？」

騎驢大將有些慌張了，我知道他心裏想什麼，他覺得我們被赫舍德村的人抓住了，不會再回來了。

「騎驢大將，我在赫舍德村很是想念你呀，我想你幫着我們的首領，把納瓦茨村管理得怎麼樣了，我還想……究竟是誰在背後搞鬼，使我被抓了。」

「我們也很想知道。」我走上前，瞪着騎驢大將。

「這個……」騎驢大將向後退着，「你們要幹什麼？」

「你這個叛徒，告訴你，赫舍德村已經和我們和好了，你出賣我們的事他們也告訴我了──」騎馬大將步步緊逼，西恩也從側面靠近了騎驢大將。

「你們、你們……」騎驢大將後退着，「你們這是幹什麼？」

突然，看出我們要擒拿自己的騎驢大將跑到首領身邊，一下就把首領攬了過來，手指抵住首領的脖子。

「不要過來，否則我就殺了他——」騎驢大將喊道。

「哇——」只有幾歲的首領大哭起來，「你放了我，快放了我——」

「騎驢大將，你竟敢威脅首領——」騎馬大將憤怒地指着騎驢大將。

「別過來——」騎驢大將惡狠狠地說，「全都後退，後退——」

我們都沒有辦法，向後退了幾步，騎驢大將看見我們後退，把首領抱起來，隨後向空中一拋，拋向騎馬大將。

「接着吧你們——」

騎驢大將說完轉身就跑，眼看首領被拋起，騎馬大將連忙飛身躍起，接着快要落地的首領，還好，首領被他接住，我們都嚇了一跳。

「好玩——好玩——」首領破涕為笑，擺着手，「再來一次呀，騎驢大將，怎麼跑了？再來一次呀……」

騎馬大將放下首領，帶着我們一起追過去，騎驢大將是從宮殿的右側通道跑的，我們沿着通道追過去，追出了宮殿側門，遠遠地，我們看到騎驢大將的身影向南面奔逃，在一座木屋邊晃了一下，不見了。

「抓——抓——」騎馬大將激動地喊着，「把守好村子的各個大門，全村搜捕騎驢大將這個叛徒……」

「騎驢大將真是叛徒？」騎豬大將驚慌地問。

「是，絕對是。」騎馬大將喊道，「快去帶人抓他——」

騎豬大將連忙去召集士兵，我們已經從騎驢大將消失的方向追去，騎馬大將也追了過來。張琳的手裏已經拿出了霹靂劍，我們追到木屋那裏，早就不見了騎驢大將。

「騎驢大將不可能向我們這邊逃，他一定會繼續向南逃跑，我們追下去。」我看着南邊那一排排的木屋，分析道，不過前面的面積很大，木屋連

片，「張琳，你從左邊那條街追下去，我沿着這條街追。西恩，你去右邊那條街追擊。」

我簡單地做了分工，隨後追擊下去，騎馬大將和我一起沿着眼前這條街追擊，一邊追一邊看着左右，很快，我們就追到了村子的南門出口，那裏站着兩個士兵。

「騎驢大將從這裏跑出去了嗎？」騎馬大將急匆匆地問。

「騎驢大將？」一個士兵先是一愣，隨後指了指東面，「剛才老遠看他向這邊跑過來，不過沒有出門，向東面跑了。」

「他一個人出去對付不了野獸，而且他也知道納瓦茨村和赫舍德村和好了，不敢跑去赫舍德村的。」我向外面看着，想了想，「所以他不會出村的。」

「那快走呀，去東面查。」騎馬大將揮揮手，向東面跑去。

我緊緊跟上，和騎馬大將一直追到了村子的東

面，我記得這個地方，這裏是全村比較破的地方，木屋都很老舊，有的人家連門都不怎麼關，因為沒什麼可丟的。

街道上幾乎沒人，我和騎馬大將站在靠近村邊柵欄的地方，到處看着，沒有發現騎驢大將的身影。這時，西恩也趕了過來。

「有沒有發現——」我立即問道。

「沒有呀，追了一路，沒看到騎驢大將。」西恩有些上氣不接下氣地說，「我看見你們在這裏，就跑過來了——」

更遠處，忽然熱鬧起來，有幾十個士兵拿着武器，在騎豬大將的帶領下，四處找着，不過看上去他們也沒什麼發現。

我們四下找着，但是周圍什麼都沒有，不遠處的一座破敗木屋，有個老者斜靠着門口，坐在那裏，腳邊還有一個陶碗。

「拜尼特大叔——」騎馬大將走過去，大聲喊道，「你看見騎驢大將在這邊嗎——」

老者不回答，靠在門口，似乎已經睡着了。

「哎，這個拜尼特大叔，沒錢從哪裏弄來的酒喝呀？」騎馬大將很是無奈地轉身離開。

我們來到街道中心，看着四下，這時，騎豬大將騎着他的豬跑了過來，他從豬背上跳下來，手裏還拿着一枝長矛。

「騎馬大將，我們什麼都沒找到。」騎豬大將報告說。

「去西邊再看看，他沒有逃出村子，就在村子裏，他也不敢逃出村子。」騎馬大將很是懊惱地說，「去了哪裏呢？」

「騎馬大將，騎驢大將真的是叛徒？」騎豬大將很是不放心地問。

「是，出賣了我，讓赫舍德村的人抓住我，不過赫舍德村已經和我們和好了，他們的首領把騎驢大將陷害我的事都告訴我了，騎驢大將一直嫉妒我，一直想着陷害我。」騎馬大將解釋說。

「啊，是這樣呀。」騎豬大將很氣憤，「叛

徒，難怪剛才那樣對待首領。」

這時候，張琳也過來了，她剛才甚至追出了村外，因為她以為騎驢大將可能會從木柵欄上翻出去，不過她仔細看了木柵欄，非常高，不借助梯子等工具是翻不出去的，而村裏的木柵欄一側都是空蕩蕩的，沒有任何攀爬工具。

我告訴張琳，因為外面有大型猛獸，騎驢大將一個人也不敢出去，應該就在村裏。

騎馬大將指揮那些士兵，向西邊展開搜索，過了一會，有士兵來報告，沒有發現騎驢大將，全村出入的幾個大門也傳來報告，騎驢大將沒有從任何一個大門出逃。

騎驢大將就藏在村子裏，奇怪的是找不到他。我們也沒有辦法，只好先回去。

「現在我們找的是極有可能在你們村的艾維斯。」我一邊走邊對騎馬大將說，「你們找的是一定藏在你們村的騎驢大將。」

「是呀，這兩個人都藏在哪裏呢？」騎馬大將

皺着眉頭，一臉苦苦思考的樣子。

「你很熟悉這個村呀，你想想我們應該怎麼找？」西恩跟在騎馬大將身後，很是着急地問。

「我確實熟悉，可是這個村很大呀，他要藏在某個人家，或者某個地方，還真是很難找。」騎馬大將其實也很着急。

「我們回去商量，反正無論是艾維斯，還是騎驢大將，都不敢逃出村，否則才真是難找呢。」我看着四面的木屋，若有所思地説。

CHAPTER 7.

逃出宮殿

　　我們回到了首領的宮殿那裏，騎馬大將説我們一時也走不了，就住在首領的宮殿裏。

　　「騎馬大將——」首領在兩個士兵的陪伴下，在宮殿門口玩，看見騎馬大將，興奮地叫了起來，「你回來了？騎驢大將呢？我還要玩剛才那個遊戲，騎驢大將把我扔過來，你再接住我。」

　　「首領，我們的那個騎驢大將⋯⋯」騎馬大將一臉的無奈，「哎，和你説不清楚，你在這裏好好玩吧。」

　　我們來到宮殿裏，騎馬大將先是下令搜查全村，不過我們都對此不抱什麼希望，騎驢大將也熟悉這個村子，隱藏起來不難。現在我們的目標有兩個——艾維斯和騎驢大將。

　　騎馬大將把納瓦茨村的地圖拿給了我們，這張

地圖畫在一張獸皮的背面。從地圖上看，納瓦茨村基本上呈現出一個正方形的樣子，大部分街道橫平豎直，只有西南角和東南角的兩個地方，街道有些曲折，而騎驢大將就消失在東南角那裏。

「這裏是重點查找區域。」我指着地圖上的東南角説，「騎驢大將被我們追趕，不可能向着我們跑，應該是一直向南，跑到了這個區域，隨後藏了起來。」

「村子南面也很大呀。」騎馬大將搖着頭説，「很難馬上就找到，而且到了晚上，他從這裏跑到別的地方也有可能，我倒是不擔心他跑出去。」

「可以派人在主要路口把守。」我建議道，「發現騎驢大將立即抓捕。」

「嗯，目前也只能這樣。」騎馬大將點着頭説。

「艾維斯，別忘了艾維斯。」西恩在一邊提醒我説，「他也在村子裏藏着呢。」

「我知道，不過艾維斯可能藏身在村子的任何地方。」我看看西恩。

「三位大神仙，你們也沒有辦法嗎？」騎馬大將似乎一直有些猶豫，此時説出了他想説的話，「剛才你們那麼一飛，我們就逃出監牢了。我聽説你們還能把月亮變沒有。」

「我們……」我一時語塞了，不知道該怎麼回答騎馬大將。

「我們有的時候很厲害，有的時候很一般，比如昨天就很厲害，今天就……」西恩回答道，我覺得他的回答很是新奇。

「那明天你們就會很厲害了？就能抓到騎驢大將了？」騎馬大將興奮起來。

「不一定，也許再過幾天，有時候厲害，有時候不厲害，我們自己也搞不懂。」西恩擺擺手，「基本是這樣的，別再問了。」

「這樣呀。」騎馬大將很是遺憾地看着我們。

「西恩，不會説就不要亂説。」張琳不高興地拉了拉西恩，隨後望着騎馬大將，「總之我們會盡力的，找到騎驢大將和艾維斯。」

「好，好。」騎馬大將很滿意地點着頭，「我們村子有兩百個士兵，還有我，都可以聽從你們的指派。」

此時已經是中午了，我們和騎馬大將一起吃了午餐，這種石器時代的食物，哎，確實不太適合我們的口味。午餐後過了一會，騎豬大將回來報告，說已經搜索了全村，沒有發現騎驢大將，而且村民們都有些不高興了，因為前幾天已經搜索過一次艾維斯，他們都被打擾過一次了。

沒有辦法，騎馬大將叫士兵們下午就在東南角地區開始設置關卡，謹防騎驢大將逃到其他區域。

我們拿着地圖，也在村子裏找了一遍，看看哪裏適合隱藏，這個村子的確很大，從南到北要走將近二十分鐘，這樣大的一個區域，這麼多的住戶，要是藏一個人，確實不好找。

傍晚回到宮殿，首領看到我們回來，興高采烈地迎上來要和我們玩，這個村子沒什麼人來，首領看到我們很有新鮮感。

「姐姐，我聽説你有一把會發光的石劍，拿出來給我看看呀。」首領拉着張琳的手，「石劍怎麼能發光呢？」

「這個……可能會傷到人喔……」張琳搖着頭説，「我們玩點別的吧……」

「不要，我要看會發光的石劍——」首領叫着，突然，他嘴巴一張，「哇——」

「等會拿給你看，別哭——」我連忙喊道，把部落的首領給弄哭，可不是小的罪名，別看首領只是個小孩。

「還有你，晚上的時候要把月亮變給我。」首領總算是止住了哭聲，但是又給我出了一個難題。

我們到了宮殿裏，張琳變出霹靂劍給首領看，首領高興地連連鼓掌，還用手去觸碰霹靂劍的劍身，張琳小心地看顧着，不讓劍刃傷到首領。很快，首領就和張琳玩到了一起，他把自己的玩具全都搬了出來，畢竟是首領，他的玩具特別多，大都是木頭或者石頭造的玩具。

我和西恩也硬着頭皮陪着首領玩，我們此時可真沒有心情玩耍，不但要找到艾維斯，也要找到騎驢大將，這兩個人有可能就在我們的附近，但是我們好像沒辦法找到他們。我其實在不停地想辦法，但是一時想不出什麼辦法。騎馬大將和騎豬大將都在外面巡視，這裏的村民看到騎馬大將回來了，倒是都很開心。

　　晚上，騎馬大將和騎豬大將都回到宮殿，他們巡視了一個下午，沒有發現什麼，都很累了。我們先是把首領哄着去休息，騎豬大將也回家了，他家就在宮殿附近，騎馬大將和我們一樣，在宮殿裏住。騎馬大將回到自己的住處，我們三個也回去休息了。

　　我住的房間，可以看到外面的月亮，石器時代可沒有什麼窗簾。還好，首領晚上玩得高興，沒叫我變月亮給他，我看着月亮，想着辦法，不知不覺地睡着了。

　　「快跑呀——快跑呀——着火啦——」

睡夢中，我聽到了喊聲，猛地醒來，忽然發現，屋裏有些許煙霧飄進來，窗外則有人影晃動。

　　不好，失火了。我轉身出去，迎面看到從自己房間跑出來的張琳。

　　「着火了——」張琳很是驚慌地説。

　　「西恩呢？」我連忙問。

　　「在他自己的房間裏——」張琳説道，「快跑——」

　　張琳衝到西恩的房間門口，一腳踢開房門，房間裏，西恩還在呼呼大睡。我走過去就把西恩拉了起來。

　　「幹什麼——你們幹什麼——」西恩揉着眼睛，不高興地説道。

　　「着火啦——」我和張琳拉着西恩往外走，「我們去救首領——」

　　我們剛走到門口，一股火苗迎面撲來，從走廊過不去了，我們轉身回到西恩的房間，張琳上前推開了窗戶，我們三個從窗戶跳了出去。

外面已經亂作一團，我們回望，整個宮殿是一片火海了。幾個士兵從井裏打水，正在滅火，我們看見不遠處的一扇窗戶被推開，一個士兵身上冒着火苗跳了出來，隨後在地上翻滾。

我們立即衝上去，拍滅他身上的火苗，一個士兵提着一桶水來，全部澆在他身上。

「小首領——小首領在哪裏——」西恩焦急地看着濃煙滾滾的宮殿，「我要去救他——」

「在那邊的那個房間吧——」張琳指着前方，我們三個只知道首領大致住在哪裏，但是從沒有去過首領的房間。

「是這裏嗎——」我指了一個方向，「張琳，你下午不是還和小首領玩嗎？」

「我們在院子裏玩，還在大廳裏玩，我不知道小首領具體住在哪裏呀。」

「哎——」我非常着急，我看到有一扇門開着，火焰並沒有從門裏往外冒，我咬了咬牙，向裏面衝去。

「小心——」西恩一把拉住我，「我去——」

「我去——」張琳說着就越過了我倆，向裏面跑去。

「哇——哇——」小首領的哭聲傳來，我們仔細一聽，聲音不是從宮殿裏傳來的。

不遠處，騎馬大將抱着首領走了過來，西恩連忙叫住張琳，已經邁進宮殿門的張琳被叫了回來。

「騎馬大將，首領——」我衝了過去，激動地喊道。

「哇——哇——房子着火啦，玩具沒啦——」首領邊哭邊喊。

「凱文，還好你們沒事。」騎馬大將也很激動，「剛才有士兵喊着火了，我衝到首領那裏把他抱了出來，我們從前門逃出去的，還好你們也逃出來了。」

「沒事就好，其他人都逃出來了吧？」我關切地問。

「他們都在前門那裏忙着救火，都逃出來了，

但有被燒傷的。」騎馬大將説，「非常危險呀，宮殿副總管半夜肚子疼，有個士兵帶他去醫館看病，回來的時候看到有兩個人縱火，要不是他們及時發現，我們全都在裏面被燒了。」

「啊？」我大吃一驚，「縱火？有人縱火？是誰？」

「副總管説其中一個人很像是騎驢大將。」騎馬大將咬牙切齒地説。

「騎驢大將？」我又是一驚，「他來縱火？」

「報復，這是報復。」騎馬大將看着還在冒煙的宮殿説。

喝醉酒的老爹

　　大批的士兵已經趕到，在他們的努力下，大火被撲滅了，宮殿的屋頂已經全部被燒塌了，有好幾處牆板也都被燒毀。一些士兵小心地進到宮殿裏，找着可能沒有逃出來的人。

　　在騎馬大將的帶領下，我們緊急找到了副總管和那個士兵，他們説回來的時候，很遠就看見兩個人，一個在宮殿左邊，一個在宮殿右邊，向宮殿裏投擲火把，等他們衝過來，那兩個人已經跑了，火已經燒了起來，他們根本顧不上追那兩個人，忙着呼喊大家出來並滅火。他們都和騎驢大將比較熟悉，一致説其中一人看身影就是騎驢大將。

　　「騎驢大將不但藏了起來，怎麼還找了個幫手？」張琳聽完兩人的描述，很是不解，「這個騎驢大將這麼厲害呀。」

101

「他們向什麼方向逃走的？」我擺擺手，繼續問那兩人。

「向南邊跑的，全是向南面跑的。」副總管說，「這個我看得很清楚。」

「那麼，是你們驚動了他們嗎？」我問道，「也就是說他們發現自己被看到才跑的？」

「這個……」副總管想了想，「不是，我們衝過來的時候，距離房子還很遠，他們投擲了火把，還站在那裏看了一下，然後才跑的，我們可沒想着去追，否則宮殿裏的人都被燒死了。」

「你們做得對。」我點點頭，「這個時候先救人是對的。」

騎豬大將剛才就被騎馬大將派出去尋找縱火的人了，此時回來報告，沒有發現縱火的人，這也是我們意料之中的事。

士兵們連夜修整宮殿，我們不可能住進去了。宮殿大總管在宮殿不遠的地方，找了村裏糧食大臣的房子，大家擠一擠，先住下。

首領在騎馬大將懷裏已經睡着了，我們在糧食大臣家安頓好。今天真是太險了，幸好有外出的兩個人回來，看到有人縱火，否則後果就嚴重了。

第二天早上，不用我們安排，騎馬大將就召開了納瓦茨部落的高層會議，各個將軍、各個大臣、大總管、副總管等全部參加，當然，首領也來了，不過他主要是坐在椅子上玩玩具。

「……騎驢大將就在村子裏，昨晚對我們作出了報復，他還有個幫手……」騎馬大將憤慨地揮着手臂，「一定要把他找出來，否則，今晚他還可能到糧食大臣這裏縱火……」

「他不敢，也不可能了。」騎豬大將立即說，「今晚我多派士兵把守，而且士兵不能再睡覺了，宮殿門口是有士兵站崗的，但是昨晚全都睡着了。」

「是每晚都睡着吧。」宮殿大總管帶着嘲弄的口氣說，「我的騎豬大將，你負責保衛宮殿的士兵每晚都抱着武器睡覺，多少年了，都是這樣。」

「不會了，誰能想到騎驢大將會半夜來縱火呀。」騎豬大將信誓旦旦地説，「我都告訴他們了，晚上再偷懶睡覺，每人罰交三隻山豬，他們再也不敢了。」

「從趁着士兵睡覺的時候縱火這點看，也能確定縱火的就是騎驢大將，因為他知道士兵們這個情況。」我插話説。

「是的，現在的問題是把他找出來。」騎馬大將説，「大神仙，你們有什麼辦法？現在可就靠你們了，騎驢大將一直都是很狡猾的。」

「昨天縱火的兩個人不是被發現後驚慌逃跑的，而是在副總管趕到前自己跑掉的，他們走的方向是南面，所以説他們隱身的地方就在村子的南面。」我分析道。

「對……對……」副總管搖頭晃腦地説，他渾身酒氣，也不知道為什麼早晨起來他就喝了那麼多酒，「我、我看見他往南跑的……」

「再把那邊查一遍？」騎馬大將問。

「仔細疏理，我們都去，這次一定要把他找出來。」我面前有一張納瓦茨村的地圖，我指着村子南部位置，「其實我們的目標已經縮小很多了，騎驢大將就藏在村子南部，尤其是東南角這邊。」

「再去搜？已經搜過幾次了，各家各戶都煩了。」大總管説，「每次都找不到什麼……」

「不去找，我們還能怎麼辦？就在這裏等着嗎？」騎馬大將有些無奈地説，「而且副總管看見騎驢大將放完火就和那個同夥往南邊跑的。」

「那就去找一下吧。」大總管也是一臉無奈，「但願這次能把騎驢大將找出來。」

「我説凱文。」西恩靠近我，小聲地説，「我們跑到這裏來，怎麼變成幫他們抓叛徒了？」

「不能眼看着害人的騎驢大將躲在暗處害人呀。」我看看西恩，「騎驢大將要找，艾維斯也要找，搜查的時候，無論遇到哪一個，都要抓。」

西恩點了點頭，我繼續看着講話的騎馬大將。

「……好了，就這樣，大家都去，帶上兩百個

士兵，如果騎驢大將躲在村子南部，我就不信找不到他。」

「那我們都去，人越多越好。」大總管此時變得似乎很有信心了，「一家一家地找。」

「騎豬大將，集合士兵。」騎馬大將喊道。

「是──」騎豬大將說着就向外走去。

「走啦，走啦。」大總管去拉副總管，「大早晨的，怎麼還喝酒呀？你平時也不怎麼喝酒呀。」

「我昨天就是因為肚子疼才半夜去醫館看病的。」副總管搖晃着身體，「你以為我想喝酒呀？醫館的那個主管說，喝一些我們村米德加老爹釀的酒，肚子疼會輕一些，我試了試，確實是這樣，我就多喝了點。」

「那你就別去了，在這裏養病。」大總管關切地說。

「不行，我要去，竟敢放火燒我們，我早就覺得騎驢大將不像個好人了，欠我一隻黑熊和兩隻鹿，就是不還給我……」

外面，騎豬大將調動了兩百個士兵，我們在前面走，士兵們跟在後面，一起浩浩蕩蕩地向村的南面前進。很快，我們就到了村子中部，過了這裏，就是村子的南部了。騎馬大將騎在他的馬上，叫停了隊伍。

　　「眼睛都給我瞪大點──」騎馬大將舉着一把石斧，「五個人一組，分成四十組，從這裏開始，挨家挨戶地去詢問，發現有可疑跡象，立即向我報告。」

　　士兵們分成了四十個小組，開始逐家逐戶地查看、詢問。那些村民看到士兵們又來搜索，多少都有些不高興，不過他們大都知道宮殿被騎驢大將放火燒了，而且騎驢大將又向村的南面逃了，所以也比較理解士兵們的搜索行動，打開房門讓士兵們進屋查看。

　　我們跟着搜索小組沿街前進，我不停地看着道路兩側的木屋，判斷着騎驢大將和艾維斯會躲在什麼地方。

這次參與搜索的人數更多，找尋也更緊密，每間木屋都有人進去看，我們很快就來到了村子的最南端。

不遠處的木屋，拜尼特老爹歪倒在門口，滿身酒氣，又睡着了。

「最近怎麼總是喝酒？」騎豬大將帶着三個士兵走到拜尼特老爹的木屋前，看看躺在地上的拜尼特，「醒醒，醒醒——」

拜尼特喝醉了，一直在睡，根本就不理會騎豬大將。有個士兵走進屋子，看了看，隨後就出來了，騎豬大將帶着他們走向下一個木屋。

我們抱着比較大的希望，覺得這麼密集的搜索，而且都確定了騎驢大將藏身的地方，以為能有收穫，但是搜索完整個村子的南部，我們一無所獲，大家都很失望，騎馬大將無奈地集合大家，宣布搜索結束，大家都垂頭喪氣地回去。

我們回到糧食大臣的房子，士兵們被解散，此時已經是中午了，他們亂哄哄地去吃飯，這個村子

有不少的飯館，但是因為沒有貨幣，大家吃飯的時候用東西換飯，有人拿一隻野兔，有人拿漂亮的石頭，有人用一小袋食鹽，還有人用具有實用價值的陶罐。我們來的時候，因為知道是前來石器時代，沒有貨幣，我們帶的是一顆顆漂亮的瑪瑙石，不過一直沒有用上。

「走呀，大總管，我們去喝幾杯。」副總管拉着大總管，隨後掏出幾條長長的、五彩的漂亮羽毛，「我請客，去米德加老爹的酒館，他就喜歡這種羽毛，能換不少好酒呢。」

「哇，這羽毛很貴重，換酒可惜了。」大總管瞪大眼睛說。

「米德加老爹的酒也不便宜呢，食鹽和陶罐換不了幾杯，我這種羽毛能換不少呢。」副總管得意洋洋地說，「這可是我好不容易找來的羽毛。」

「你們這裏……」我走到騎豬大將身邊，指了指副總管拿着的羽毛，「漂亮羽毛也很貴重嗎？」

「那當然。」騎豬大將說，「一般小鳥的羽

毛不貴重，很好找，可是副總管那幾條羽毛，那麼長，那麼漂亮，很難找的，再多加幾條就能換一間木屋呢。」

「那麼貴重？」我吃了一驚，隨後想了想，「那米德加老爹的酒也很貴重嗎？」

「不是米德加老爹的酒貴，我們這裏的酒都很貴，這酒可不好釀造呀，我這個騎豬大將也喝不起。」騎豬大將羨慕地看着遠走的大總管和副總管，「大總管和副總管可是我們這個村寶貝最多的人，只有他們才能隨隨便便去喝酒。」

「真的嗎？」我聽到這話，忽然心裏一驚。

我站在了原地，想着問題，騎馬大將招呼大家去吃午飯，我還是站在那裏，我想到了一些問題。

「走呀，愣着幹什麼？」張琳走過來，推了推我。

「等一下。」我急忙擺擺手，隨後向騎馬大將走去。

「走呀，吃飯去。」騎馬大將看見我走過來，

招呼道。

「騎馬大將，請問你們這裏，酒這種東西是不是很貴？」我問道。

「你要喝酒嗎？我倒是能請你喝，可是小孩子，喝兩口就會頭暈眼花的，不要了吧，小孩別喝酒……」騎馬大將用教訓的口吻説。

「不是，我不喝酒。」我擺着手説，「我就是問酒是不是很貴，我要確切答案。」

「那當然，酒非常難釀造，很浪費糧食和果實，釀出來的只有一半能喝，剩下的都是廢品。」騎馬大將看着我，他有些疑問，不知道我為什麼問這個。

「那個拜尼特老爹，是個窮人吧？」我的話突然一轉，問了一個騎馬大將意想不到的問題。

「是，他沒有孩子，身體也不好，沒法參加集體狩獵，每次村子打了獵物，會分給他一點，也就是能保證每天有飯吃。」騎馬大將説。

「可是我們每次見到他，他都醉醺醺的，這裏

有問題！」我很是興奮地说，因為我覺得找到了線索了。

「這……倒是，他可是喝不起酒的，偶爾喝一次都很難，可是連續這幾次……」騎馬大將被我這一提醒，似乎也想起了什麼。

「拜尼特老爹那裏，有問題，很大的問題。」我直接说道，「我不知道這種問題是否和騎驢大將有聯繫，或者和艾維斯有聯繫，無論如何，那裏都有問題。我覺得……有人在暗中操縱拜尼特老爹，利用拜尼特老爹當掩護，拜尼特老爹每次都是被灌醉的，沒人會在意這樣一個又老又窮的人，對他那裏的搜查也就很隨意了。」

「你是说還要搜查那裏？」騎馬大將说。

「對，前幾次我們的搜查動靜很大，有人知道我們要去搜查了，會有預防動作，所以這次要悄悄靠近那裏……」我看看身邊的張琳和西恩，「我們先不要吃飯了，我們去研究一下，必須對拜尼特老爹那裏緊急調查了。」

CHAPTER 9

木屋裏的發現

　　張琳和西恩聽了我的話，已經意識到拜尼特老爹那問題的嚴重性了，騎馬大將也一樣。我們找了一個房間，坐下後開始研究這件事。

　　過了一會，我們在騎馬大將的帶領下，悄悄地來到村子的東南角，我們沒有去拜尼特老爹的木屋，而是來到距離拜尼特老爹木屋一百米外的一間木屋，這裏無人居住。跟着我們來的，還有三個士兵，他們都穿着普通的衣服，而不是士兵戰袍。

　　「一個去他家前門對面的木屋，一個去後門對面的木屋，觀察拜尼特老爹家的情況，發現有人活動，立即來報告。」我叮囑兩個士兵，隨後看了看另外一個士兵，「你裝成路過的行人，走到拜尼特老爹家門口假裝停留下來，聽聽裏面的聲音，看看有沒有人說話，來回幾次，停留時間不要過長，第

一次戴個帽子，第二次不要戴帽子。」

　　三個士兵都答應了，隨後離開了木屋，我們和騎馬大將在木屋裏等消息。

　　「要是能聽見那裏有人說話，那就一定還藏着別人。」我看着木屋外，「拜尼特老爹是獨居，不可能和人說話。」

　　「我覺得是艾維斯躲在那裏，我們第一次搜查那裏，拜尼特老爹也是醉醺醺的，當時騎驢大將還在宮殿裏呢。」

　　「不管是艾維斯還是騎驢大將，先抓到一個再說。」我點着頭，「這兩個傢伙都很危險。」

　　「我覺得能抓住其中一個。」張琳一臉嚴肅地說，「如果是騎驢大將，還有可能把他那個同夥抓住。」

　　我們在木屋裏等消息，拜尼特老爹這裏一定有蹊蹺，我認定這裏能發現什麼。很快，派出去聽聲音的那個士兵回來了。

　　「確實有人說話，但是內容聽不清，我也不敢

靠得太近。」那個士兵很是興奮地説，「不過我確定，那是有人對話，不是自言自語。」

「好，屋子裏有人，拜尼特老爹不是自言自語。」西恩揮着拳頭，「裏面不管是艾維斯還是騎驢大將，我們能抓到一個。」

「從來沒人去拜尼特老爹家裏，他平常説話都語無倫次的，根本就沒人理他，裏面沒有外人，就不會有對話聲的。」騎馬大將也很興奮，「我們確實能抓到一個，不過就是不知道是哪一個，我想可能是艾維斯。」

這時，在拜尼特老爹家前門對面木屋裏觀察的士兵跑了回來。

「拜尼特老爹家的門關着，但是他家的門窗都很破爛，我看到裏面的情況了，確實不是一個人，我同時看到兩個人頭在晃動。」那個士兵雙眼放光地説。

「是誰？哪兩個人？」我急着問。

「看不太清楚，我是透過破門縫隙看到的。」

116

「好，你再去，一會還會有人去，你們一起在那裏守着，形成正面的防線，我們要進去抓捕了。」我說完看看張琳，「不用再觀察了，裏面起碼有兩個人，我們衝進去抓捕吧。」

「你們抓捕？可以嗎？我們有很多士兵呢。」騎馬大將聽到我的話，問道，不過他隨即想起了什麼，「噢，你們是大神仙。」

「叫你的士兵把守住周邊。」我看看騎馬大將，「我們抓沒問題，但是也要預防那人逃跑。」

大家立即行動起來，騎馬大將去召集士兵，我和張琳、西恩研究抓捕計劃，我們決定直接破門而入，那個人可能還是會隱藏起來，不過這次我們可不會輕易離開了，我們要把那裏徹底搜一遍。

騎馬大將召集來一百多個士兵，把他們布置在拜尼特老爹家的四周，他們到位後，我和張琳、西恩先是繞到拜尼特老爹對面的房子後面，在一棵樹後觀察着拜尼特老爹的房子。

拜尼特老爹的房子平靜如故，看不出有任何的

異常，此時透過門縫也看不到什麼。

「我們衝進去後，你帶人立即跟過來。」我轉身，對身後的騎馬大將説。

「好的。」騎馬大將手握一枝長矛，説道。

我揮揮手，帶着張琳和西恩向拜尼特老爹的房子走去，我們走到門口，張琳已經走在最前面了。距離門口還有五米，本來在走路的我們突然加速，張琳兩步就衝到門口，一腳就踢開木門。

屋裏，拜尼特老爹坐在椅子上，手腳被捆着，低着頭，一副昏昏欲睡的樣子。另一把椅子上，坐着一個人，正是騎驢大將，看到門被踢開，我們闖了進來，騎驢大將轉身就向後門跑去。張琳衝上去，對着騎驢大將就是一拳，把騎驢大將打倒在地。騎驢大將不愧是一個武將，他翻身起來，舉起一把破椅子就砸向張琳，張琳根本就不躲避，伸手一擋，椅子散架，張琳毫髮未損。

「啊——」西恩從側面衝過去，一拳就砸在騎驢大將的腰部。

騎驢大將慘叫一聲，再次被打倒，我衝上去，踩住了騎驢大將，騎驢大將掙扎着想起來，但是被我牢牢踩住，西恩上來按住了騎驢大將。

　　張琳把捆着拜尼特老爹的繩子解下來，捆住了騎驢大將。拜尼特老爹被鬆綁後，身體靠在了牀邊，嘴裏也不知道説着什麼。

　　「抓到了吧——抓到了吧——」騎馬大將説着話，帶着幾個士兵衝了進來。

　　「抓住了。」西恩回答道。

　　「啊？怎麼是騎驢大將？」騎馬大將進來後，先是一愣，「我還以為是艾維斯呢。」

　　騎驢大將一直低着頭，聽到騎馬大將的聲音，抬頭看了騎馬大將一眼，隨後又低下了頭。

　　「騎驢大將，首領雖然年紀小，但是一直對你很好，你還想燒死他，你還出賣我，你……」騎馬大將氣呼呼地説。

　　「我想燒死你們所有人，不僅僅是他。」騎驢大將惡狠狠地説。

「你真是瘋狂！」騎馬大將上去就打了騎驢大將的腦袋一下，「你說，你那個同夥呢？他是誰？」

「哇——」騎驢大將有個同夥，西恩叫了起來，隨即向裏面的房間走去，「我也一直以為抓到的是艾維斯，沒想到是騎驢大將。」

我其實也是一樣，因為我們第一次搜索艾維斯的時候，看到拜尼特老爹醉醺醺地躺在牀上，如果那時候拜尼特老爹被灌醉，就一定是艾維斯幹的，因為那會騎驢大將還沒有暴露，還在宮殿裏。此時騎馬大將的話也提醒了我，騎驢大將縱火可是有個同夥的，剛才我們只顧着抓騎驢大將，忘了他還有個同夥，裏面有個房間我們還沒有搜查。此時，拜尼特老爹的木屋周圍站滿了士兵。

西恩向裏面的房間走去，我緊跟在後面。西恩剛走進去，忽然，一把沙子拋了出來，西恩連忙捂着臉，不過眼睛裏還是飛進幾粒沙子，我被西恩擋住，看見拋沙子的那個人向窗戶跑去，我看清了他

的身影，他就是艾維斯。

「站住——」我大喊一聲，追了過去。

艾維斯從窗戶裏跳了出去，窗外站着幾個士兵，看見裏面跳出來一個人，連忙阻攔，艾維斯一拳就打翻一個士兵，推開另一個士兵，跑了出去。

「抓住他——抓住艾維斯——」我大喊着，我沒想到艾維斯也躲在裏面，更不知道艾維斯怎麼能和騎驢大將在一起，現在的首要任務，就是抓住艾維斯。

艾維斯向村口大門跑去，士兵們在後面緊追，我翻窗戶出去，張琳也緊跟過來，只有西恩，還在那裏揉着眼睛。

艾維斯的速度很快，他很快就跑到了大門那裏，我們在後面高喊着，告訴守門的士兵截住艾維斯，兩個士兵看到艾維斯衝過來，連忙攔截。艾維斯確實厲害，他揮拳打倒一個士兵，又奪下另外一個士兵的長矛，刺向那個士兵，士兵連忙躲閃，艾維斯扔掉長矛，逃出了納瓦茨村，看來他知道在這

個村子藏不下去了，也不管村外的危險了。

我和張琳跟着就追出了村子，我們的速度比那些士兵快，艾維斯已經衝到了村外的大草地上，我和張琳喊着，跟在艾維斯後面，但是他始終領先我們五十多米，我們怎麼加速也追不上，漸漸地，我們也很累了。

艾維斯是猖狂逃竄，他知道被我們追上就跑不了，他拚命地奔逃。前方，有一大片森林，他要是逃進那裏，我們進入後就很難找到他了，森林裏很昏暗，可以很好地隱藏他的身影。我和張琳緊緊地追着，但是眼看着艾維斯逃到了森林邊緣，而我們之間的距離似乎加大到七、八十米了。

「站、站住——」我越跑越沒力氣，張琳也是一樣。我們的身後，士兵倒是足有上百，但是被我們甩開了近百米。

我實在跑不動了，張琳越過我，繼續向前追着，但是速度明顯下降。眼看着艾維斯就要跑進森林了。

「完啦——他要逃掉了——」我下意識地覺得艾維斯這次又要逃脫了。

前面，就要逃進森林的艾維斯，忽然掉頭向我們這邊跑來，張琳看到這奇怪的情況，連忙站住，我也很是好奇。

「轟隆隆——轟隆隆——」的聲音傳來，前方，大地在震動，艾維斯發瘋一樣向我們這邊跑，我一開始以為他要回來和我們拚命，仔細一看，在艾維斯的身後，出現了上百隻巨大的野牛，這些野牛身邊，還有幾隻小野牛，牠們一起從森林裏出來，向我們衝過來。

我和張琳幾乎同時意識到了危險，這上百隻遠古的野牛，體形巨大，萬一被他們撞到或踩到，最少也是重傷。我和張琳掉頭就跑。

「撤——撤——野牛——」我一邊跑，一邊向那些士兵揮着手。

士兵們掉頭就跑，此時的景象是，士兵們在先，隨後是我和張琳，再後面是艾維斯，最後是那

些野牛，艾維斯剛才衝向森林，應該是被野牛羣認定要侵犯領地，所以發怒了，要衝撞我們。

我們很快就追上了那些士兵，士兵們此時紛紛扔掉武器，拚命逃走，十多個士兵才能對付一頭野牛，而衝過來的野牛數量足有上百隻，根本沒法對付，只能加速往回跑。

野牛那邊，似乎發怒了，轟隆作響地衝過來，艾維斯逃跑速度確實快，他很快就追上了我們，我和張琳也只顧着跑，看着身邊的艾維斯，也不可能現在就抓他。

前面就是納瓦茨村了，我們要儘快跑進村子裏，村子周圍有柵欄，村子每個入口旁都有一個木塔，有士兵在上面站崗，因此能看到外面的情況。士兵們站在柵欄後向野牛射箭，野牛羣是會被擊退的，關鍵是我們要在被野牛追上前跑回村裏。

我們的速度很快，但是那些士兵要慢很多，眼看着野牛就要追上來了，幾個落在後面的士兵大喊起來，我和張琳停下，準備去救，但是也不知道能

否抵禦住野牛羣。這時，西恩迎面走了過來。

「你們怎麼──」西恩看到我們，非常驚奇，關鍵是他看到艾維斯和我們一起往回跑。西恩剛才用水沖出眼睛裏的沙子，連忙出村找我們。

「西恩──有野牛──」張琳大叫着，「防衛大師──」

西恩一驚，此時，艾維斯從他身邊經過，第一個跑進了村子，進了村子就被騎豬大將帶着兩個士兵抓住捆了起來。

西恩看到了那羣野牛，明白過來，他快步上前，迎着野牛羣衝過去，西恩讓落在最後的幾個士兵走過，直接面對野牛羣，為首的幾隻野牛看到西恩站在那裏，對準他猛衝過來。

「防禦弧──」西恩大喊一聲，對着地面劃出一個弧線。

地面上生成了一條長長的弧線，弧線閃着白色的光。這時，第一隻野牛撞了上來，只見那道光立即發散，射出更加明亮刺眼的無數光束，野牛立即

被反彈回去，撞在後面的野牛身上，把那隻野牛給撞倒了。

又有幾隻野牛撞上來，全被防禦弧給彈了回去，西恩的防禦弧，足有百米寬，完全攔截住了那些野牛。

野牛羣根本就無法衝過防禦弧，衝在最前面的野牛們都擠着撞在一起，亂成一團。

「嗖——嗖——嗖——」數十枝箭飛了過來。在村子的柵欄後面，騎馬大將指揮着士兵向野牛羣射箭。

被防禦弧攔住，又被箭枝攻擊，一些野牛開始掉頭跑向森林。接着，其餘的野牛也開始掉頭逃走，有十幾隻野牛的身上還扎着箭枝，不過這對牠們的逃走也沒什麼影響。野牛羣在村外不遠處，全部退走。

「西恩——真棒——」張琳在村口，對西恩大喊着。

西恩揮着手，很是得意地走回來。

「真是大神仙呀——」騎馬大將站在木塔上，看着我們，感歎起來。

「你們鬆開我——」艾維斯的聲音傳來，「你們的寶石我還給你們，你們鬆開我，我就帶你們去把寶石拿回來，我給藏起來了——」

士兵們看着艾維斯，沒人去鬆開繩子，艾維斯的掙扎沒有用。

CHAPTER 10

告別村落

「不能鬆開他，鬆開他就穿越逃走了。」我走過去説，我知道，只要鬆開艾維斯，再給他一定的時間呼喚出穿越通道，他就能穿越回去。

士兵們聽不懂我的話，他們都好奇地看着我。我倒是也不太在意此時説的話士兵們能不能聽懂，關鍵是，艾維斯和騎驢大將全都被抓住了，這可是我沒想到的，我以為要一個一個抓，花很長時間呢。我和張琳、西恩此時的高興都溢於言表。

「我很想知道騎驢大將和這個艾維斯怎麼跑到一起去了？」西恩走過來，看着艾維斯，「艾維斯，你和騎驢大將是怎麼回事？你倆怎麼勾結在一起的？昨天去放火的，一個是騎驢大將，一個就是你吧？」

艾維斯扭了扭脖子，不去看西恩，滿臉不屑。

「還不肯説。」西恩走過去，拉着艾維斯的手臂，「我可是你的救命恩人，不肯説對吧？來，再去外面，我去把野牛召喚來，這回你自己跑，我不救你了。」

説着，西恩就把艾維斯往外推，看起來西恩是在嚇唬艾維斯，不過艾維斯真害怕了，扭着身子，不想到村子外去。

「把那個騎驢大將帶過來，問問就全都知道了。」我看了看騎豬大將，「騎驢大將在哪裏？」

「就在拜尼特老爹的屋子外，士兵們在看着呢，跑不了。」騎豬大將指了指不遠處，「剛才拜尼特老爹被鬆綁，稍微清醒點了，他説自己先是被艾維斯挾持，被灌酒，後來騎驢大將也去了他那裏……」

「把他押過去，兩個人一起問一問。」我指着艾維斯，對那些士兵説。

騎馬大將也從木塔上下來了，我們一起向拜尼特老爹的木屋走去，騎驢大將就在木屋前站着，十

幾個士兵看押着他。看到騎馬大將來了，騎驢大將帶着哭腔喊起來。

「我錯了──騎馬大將──我錯了──我再也不敢了……」

「你沒錯，我錯了，是我把你提升為騎驢大將的，我看錯人了，你原來這樣歹毒。」騎馬大將氣呼呼地説，「你敢放火燒宮殿……」

「我不敢了……」騎驢大將立即説。

兩個士兵把艾維斯推到騎驢大將身邊。兩個人全都低着頭，大家圍着他們，士兵們也都很憤怒。

「艾維斯，先説説你，你再次來到這個村子，就躲到了拜尼特老爹家裏？」我直接問，「你是怎麼想的，怎麼做的？」

「我……我上一次偷走了這個村的寶石，這次我穿越到村子裏，晚上到的，我可不敢露面，我就來了拜尼特老爹這裏，我上次來就知道他，腦子有些糊塗，説話也不是很清楚。」艾維斯偷偷看了看西恩，他還是怕西恩把他推到村子外面去，「拜尼

131

特老爹不太知道我偷寶石的事，甚至不知道他們村的士兵要抓我的事，這正是我要的，我就說要留在他家，條件是我給他酒喝，他就同意了，所以來到這裏後的前三天我就這樣藏在他家裏，我想這樣藏上幾個月再回去。」

「你哪裏來的酒？」我問道，「你穿越來還帶着酒嗎？」

「沒有，這裏不遠有個釀酒作坊，我晚上去那邊偷的。」艾維斯説。

「拜尼特老爹醉醺醺地坐在門口呢？是你把他灌醉後放在門口的？」我又問，「你想讓他瞞騙我們？」

「是的。」艾維斯説，「你們開始挨家挨戶搜查，我老遠就看到了，也聽到了嘈雜的搜查聲，我立即給拜尼特老爹喝了很多酒，他就醉了。第一次讓他躺在牀上睡覺，第二次讓他在門口坐着，你們對這樣一個醉倒的老頭根本就不會在意，進來搜查也就是隨便看看，我就利用了這點。」

「那麼我們搜查的時候你躲在哪裏？」

「房間裏的牀下，士兵根本就不仔細看。剛才你們衝進來抓住騎驢大將，我知道你們這次是有計劃、有目標的，不會像以前那樣隨便看看了，我就衝出來。」

「嗯，現在最重要的問題來了。」我說着看了看騎驢大將，「你，騎驢大將，你怎麼和艾維斯跑到一起的？你知道他躲在這裏嗎？」

「沒有呀──沒有呀──」騎驢大將立即大叫起來，「是你們追我，我跑到這邊，我也不敢自己跑出村子，那樣會被野獸吃了呀，我就躲在木屋旁的狗窩裏，狗窩太小，我藏不住。這時候艾維斯就叫我，讓我和他一起躲着，我知道他也被追捕，就和他一起躲在拜尼特老爹這裏了，剛才我和艾維斯說話，他進到房間了，我在外面看着拜尼特老爹，結果你們就衝進來了。」

「那天我又聽見遠處亂哄哄的，出門就看見騎驢大將在躲藏，我一看就知道你們在抓騎驢大將，

我就想多個人多個幫手，我一個人對付拜尼特老爹很吃力，總是要捆住他。」艾維斯在一邊說，「既然都被追捕，那就一起躲藏，所以就叫他進來躲藏了，你們搜查時，我們一起藏在房間裏的牀下。」

原來是這樣，看來騎驢大將躲在這裏，也有很大的偶然因素，我以前就推斷艾維斯和騎驢大將早有互相勾結的可能性不大。

「你不是經常灌醉拜尼特老爹嗎？」西恩指着艾維斯問，「為什麼還要捆綁他？」

「我沒有那麼多酒呀，拜尼特老爹醒着的時候也不是完全糊塗，還會掙扎，還罵我們。」艾維斯愁眉苦臉地說，「所以我們經常捆綁住他，關鍵時候讓他喝醉，坐在門口騙你們。」

「拜尼特老爹喝醉後坐在門口讓我們失去警惕，這招確實把我們騙了。」我看了看騎馬大將，又看看張琳和西恩，「但是喝醉這件事，又把他們給暴露出來了。」

「還是被你看出來了，我們的分析大師。」西

恩大聲地誇讚。

「大神仙，你就是大神仙。」騎馬大將跟着說，並用無比崇敬的目光看着我，我都有點不好意思了。

「⋯⋯喂，你們把他倆放了⋯⋯」這時候，拜尼特老爹從房間裏搖搖晃晃地走出來，看着騎驢大將和艾維斯，「其實我喜歡被他們抓住，被他們抓住有酒喝呀，哈哈哈⋯⋯」

我們先是看看拜尼特老爹，又互相看了看，全都苦笑起來。

「騎馬大將，現在，一切都明瞭了。」我走近騎馬大將，我感覺很是不捨，「騎驢大將留給你們了，我們要帶艾維斯走了。」

「啊？」騎馬大將大吃一驚，「這就要走嗎？為什麼這麼着急呢？不要走呀，你們那裏在哪？我們能去嗎⋯⋯」

「感謝你的挽留，我們那裏離這裏極為遙遠，我們回去還有很多事呢，實在不能久留了。」我

説，「你們和赫舍德村已經和好了，不要再起爭執了呀。」

「我知道，我知道。」騎馬大將看出我們要馬上離開的決心，「那我們送你們吧，外面都是野獸。」

「我們可不怕野獸呀。」我笑了，隨後看看騎豬大將，「騎豬大將，再見了，記得代我們向首領告別呀。」

「大神仙，真捨不得你們走呀。」騎豬大將很是傷感地説。

騎馬大將把我們送出了村口，我們一定要他們留步，其實我們走不了多遠，就要找個空地穿越回去，距離村子太近，被騎馬大將等人看到，一定會嚇着他們。

我們押着艾維斯，向村外的森林走去，騎馬大將等人目送着我們，直到互相都看不見，我們來到了森林邊。

「好了，就在這裏吧。」我指着一塊草地説，

136

「我們穿越回去。」

我們的手挽在一起，並牢牢地抓着艾維斯。

「總部時空隧道管理員，我是阿爾法小組051號特工，我和另外兩個同事申請開啟穿越通道，艾維斯已經被捕，我們將帶着他一起穿越回來，請輔助我們實施穿越。」

「我是003號時空隧道管理員，請問穿越方式。」手錶裏一個聲音問道。

「無限穿越。」

「穿越的時間和地點？」

「我們想在英國西部沿海地區着陸，從那裏返回總部……」

管理員協助着我們，不一會，一個若隱若現的巨大穿越通道出現了。我們正要走進去，忽然，不遠處的森林裏，那羣野牛再次衝出來，直撲我們。

「快走——」我大喊道，我盤算着，野牛們衝過來還有半分鐘，我們足以穿越而走。

這時，艾維斯趁亂掙脫我們，儘管他被捆着胳

膊，但是還是拔腳就跑，張琳立即追上去，抓住了艾維斯。西恩和我也一起追過去，抓着艾維斯，帶着他向穿越通道裏走。

　　艾維斯掙扎着，就是不想和我們回去，他知道回去會受到審判。我們三個一起用力，把他拖進穿越通道。此時野牛羣已經近在咫尺了，大大小小的

野牛中，有一些後背還插着箭枝。

「轟——」的一聲，我們走進穿越通道後，穿越通道消失，我們在通道裏懸浮起來，向現代飛馳。

「唰」的一下，我們站在了地上，我們穿越了回來，我們甚至能聽到不遠處的海浪聲，這就是英國的西海岸。

「你跑不了的。」西恩抓着艾維斯，艾維斯垂頭喪氣，知道跑不了。

「哞——哞——」奇怪的聲音從我們的身後傳來，我們轉身一看，一隻未成年的小野牛就站在我們身後，牠好奇地看着四周，因為沒有了那麼多同伴助陣，變得也很安靜了。

「啊，牠一定是剛才穿越通道消失前那一瞬衝進通道的。」張琳哭笑不得，「這……這可怎麼辦？」

「送動物園？」西恩看看我。

「休息一下，再呼叫穿越通道，把牠送回去吧。」我也很是無奈，「穿越守則，不能把穿越時代的東西帶回來，當然我們不是故意的。這樣遠古的野牛，應該無法適應動物園的生活，送回去吧。」

「那你再跑一趟吧。」西恩聳聳肩，「我和張琳要先把這傢伙押回總部。」

「好吧。」我點了點頭。

「都是你，跑什麼跑，看看，一頭野牛還跟來了。」張琳氣呼呼地推了艾維斯一把。

「我又不知道牠跟着來。」艾維斯倒是理直氣壯地説。

我看了看那隻小野牛，小野牛也看看我，我搖了搖頭，沒辦法，只能再跑一趟，把牠送回去遠古時代。

時空調查科5

石器時代的大將

作　　者：關景峰

繪　　圖：Mimi Szeto

責任編輯：葉楚溶

美術設計：蔡學彰

出　　版：新雅文化事業有限公司

　　　　　香港英皇道499號北角工業大廈18樓

　　　　　電話：（852）2138 7998

　　　　　傳真：（852）2597 4003

　　　　　網址：http://www.sunya.com.hk

　　　　　電郵：marketing@sunya.com.hk

發　　行：香港聯合書刊物流有限公司

　　　　　香港新界大埔汀麗路36號中華商務印刷大廈3字樓

　　　　　電話：（852）2150 2100

　　　　　傳真：（852）2407 3062

　　　　　電郵：info@suplogistics.com.hk

印　　刷：中華商務彩色印刷有限公司

　　　　　香港新界大埔汀麗路36號

版　　次：二〇二〇年二月初版

ISBN : 978-962-08-7446-8

© 2020 Sun Ya Publications（HK）Ltd.

18/F, North Point Industrial Building, 499 King's Road, Hong Kong

Published and printed in Hong Kong